读者丛书

DUZHE CONGSHU

人 生 坐 标

愿得此身长报国

读者丛书编辑组 / 编

读者出版传媒股份有限公司
甘肃人民出版社
甘肃·兰州

图书在版编目（CIP）数据

愿得此身长报国 / 读者丛书编辑组编. -- 兰州：甘肃人民出版社，2024.7
ISBN 978-7-226-06089-6

Ⅰ．①愿… Ⅱ．①读… Ⅲ．①散文集－中国－当代 Ⅳ．①I267

中国国家版本馆CIP数据核字(2024)第081061号

出 版 人：梁朝阳
总 策 划：梁朝阳　马永强　李树军
项目统筹：宁　恢　原彦平
项目策划：原彦平　高茂林
责任编辑：田彩梅
封面设计：雷们起

愿得此身长报国
YUAN DE CI SHEN CHANG BAO GUO

读者丛书编辑组　编

甘肃人民出版社出版发行
（730030　兰州市读者大道568号）
北京温林源印刷有限公司印刷

开本 710毫米×1000毫米　1/16　印张 15.75　插页 2　字数 195 千
2024 年 7 月第 1 版　2024 年 7 月第 1 次印刷
印数：1~5 000

ISBN 978－7－226－06089－6　　定价：39.00 元

目 录
CONTENTS

001 追寻义勇军远去的背影 / 王慧敏

006 不立功，不下战场 / CCTV 国家记忆

008 尊严 / 王培静

011 寻迹红旗渠 / 杨震林

016 古籍江海寄余生 / 许晓迪

023 八步沙·六老汉·三代人
　　/ 任卫东　姜伟超　文　静　张　睿

029 赤瓜礁的来信
　　/ 何铁城　柯永忻　雷　彬　杨　捷

034 中国"氢弹之父" / 邵　峰

042 我爱你，正如深爱莫高窟 / 敦煌研究院

047 "熊猫爸爸"潘文石 / 张　烁

054 她倾尽所有给了山里女孩一个大世界
　　/ 邢　星　魏　倩　程　路

062 暴雨中的英雄 / 雷册渊

066 《吾家吾国》中的"国之大家" / 付子洋

070 从清华杂役到抗日英烈 / 阎美红

077 深藏功名60年
　　/ 胡兆富 / 口述　孙　侃 / 整理

086 等候天鹅的人 / 格　子

090 廖宁：不仅仅是治愈 / 胡雯雯

097 成为一个普普通通的救火骑士 / 明前茶

102 坚守战地 / 一　条

107 我的国与你的家 / 胡宝林

112 发往70年前的电报 / 视　文

118 我为外卖小哥写书
　　/ 杨丽萍 / 口述　叶小果 / 整理

125 写写你的父母 / 梁晓声

127 "小微球"的强国梦 / 张斯絮

134 音符飘过马兰花 / 王霜霜

141 烽火中，那一封绝笔家书 / 刘已粲

144 家在玉麦
　　/ 李成业　崔士鑫　张晓明　梁　军

150 永远的守望 / 何建明

157 诗意飞翔 / 金良快　刘金海　方　欣

164 万里归途 / 小　乔

172 黄河一掬 / 余光中

174 父亲张伯驹 / 张传彩

181 没有归队的"追哥" / 佟晓宇　张志浩

186 刑场上的婚礼 / 余驰疆

190 母语的歌 / 程　玮

193 菊花凭什么和松树比肩 / 沙　子

196 电影院里的光 / 西瓜季节

201 妈妈的十二封"信" / 夕里雪

206 压水花，我们是认真的 / 陈　飞

209 尊严不是无代价的 / 萨　苏

212 儿女泪与英雄血 / 李　楯

215 珠峰队长 / 沈杰群

221 我这个人 / 范　用

226 一元人间 / 曾诗雅　蒋瑞华

231 永远的"帕米尔雄鹰"
　　 / 陈小菁　张　强　胡　铮

240 厮守，一眼千年 / 樊锦诗

244 桑梓无处不青山 / 徐吉鹏

追寻义勇军远去的背影

王慧敏

1931年"九一八"事变后,东北人民奋起抗战,出现了各种群体的抗日义勇军。由于敌我力量悬殊,大部分义勇军战败,部分人撤至苏联,其中一些人绕道西伯利亚,从新疆塔城口岸回国,姜厚本就是其中之一。

外孙女眼中的姜厚本

我讲的有关外公的一切,都是从我母亲那里听来的。

外公叫姜厚本,黑龙江虎林人。外公家世代行医,顺带做药材生意,是当地的大户。外公虽然在家中排行老二,可由于他精明能干,医术精湛,家里的事都是他说了算。

日本人一来,一切都给毁了。外公经常十天半月不回家,即使偶尔回来一趟，也是行色匆匆。家里的一切，都撂给了大外公姜厚生。

一天夜里，外公一下子从家里带走了10多个男丁。自此，这10多个亲人再没回来过。又一个深夜，外公把大家召集起来，说："这些年我在为抗日队伍筹集粮饷，怕连累你们，才一直没有吱声。最近，鬼子集村并屯，咱们的队伍被堵在老林子里动弹不得，不仅缺医少药，连饭都吃不上了……我把房子全卖了……"

他将一大家子人带到山沟里一个地窝子安顿下来，从那以后，外公就再没有回过家。

一晃又是大半年，这年中秋节的晚上，有人敲响了地窝子的门。一个身背长枪、瘦瘦高高的中年男人问："哪位是姜厚生大哥？"来人把大外公拉到屋角耳语了一番，大外公神色紧张地命令大家："赶快收拾东西，只带那些用得着的，鬼子要来了。"

大伙走了大半夜，来到了江边，那里早已泊着两只木船。就这样，母亲和一群义勇军家属来到了苏联。在苏联生活了一年后，母亲随大家来到了新疆。

孙女眼中的姜厚本

我父亲心里一直有个难解的结，那就是他和我爷爷之间的关系。

父亲从小由我大爷爷姜厚生带大，他管我大爷爷姜厚生叫爸爸，到死都没有管我的亲爷爷姜厚本叫过一声爸。

我父亲打小就跟着家里人一直在逃难，从东北逃到苏联，又从苏联逃到新疆。中华人民共和国成立后不久，他上了新疆大学。20世纪50年代初，新疆牧区开始搞土改，缺少有知识、有文化的人，父亲大学没毕业就报名去了偏远的塔城。

父亲工作非常投入，总是被评为先进，塔城的农民称他是"塔城的焦裕禄"，他的事迹还上了《新疆日报》。

报纸出来不久，单位传达室的工作人员打来了电话，说一个南疆老乡找上了门，声称照片上这个人是他的儿子。

这是一个南疆农民装束的老汉，头发、胡子已经花白。老汉的手微微发抖，哆嗦着嘴唇说："云祥，我是你爹，姜厚本！"

父亲的心一震，多少年了，他一直以为自己的亲生父亲早已去世。最初的惊愕过后，父亲仔细打量着来人，眉眼和大爷爷姜厚生有几分像。他想说些什么，最终还是淡淡地说："我不认识你！"

父亲的决绝是有原因的，那些年运动一场接着一场，每一次都要把"社会关系"翻个底朝天，"历史不清"在那个年代可是要命的事啊！

多年后，父亲告诉我们，工作人员把爷爷拉走后，他伏在办公桌上压着嗓子大哭了一场。

不过，爷爷并没有罢休，他在我家那条弄堂的口上租了个小铺子，修起皮鞋来。他只图儿子每天上下班路过时，能看上一眼。当时牧区缺医少药，爷爷是祖传的中医，修鞋之余，免费给大家看病。很快，"姜神医"的大名传遍塔城。不久，塔城许多单位都来"挖"爷爷，爷爷最终选择了塔城食品公司。

生活安顿下来后，爷爷回了趟南疆，把家搬了过来。

爷爷原本希望通过自己的努力，能赢得我父亲的好感，最终父子相认。可父亲依然把自己包裹得紧紧的，不愿往前迈半步。

我也是在爷爷去世后，清理他的遗物，看到遗书时，才把他的历史搞清楚。如果父亲早早看到，也许父子关系会有所改善。

抗战时期在虎林活动的抗日联军有两支：一支是1935年在黑河建立的赵尚志（军长）的第三师，师长姓郝；另一支是1935年秋建立的抗日联军第七军……七军副军长是毕玉民……认识毕玉民是1935年秋天……毕军长任命我为军部委员。我的任务是：隐蔽身份，筹集抗日经费和物资。我化名如山，那段时间与我联系的有陈忠玉、于会海、董成富等同志，他们后来都牺牲了……1936年6月，毕玉民同志介绍我加入了中国共产党……1937年8月15日晚，联军将暴露人员的家属送到苏联。我不能再从事地下工作，就参加了部队，在七军通讯营负责与苏方的联系工作……1937年10月，通讯营在苏勒营三门刘家的树林里进行整编时被日寇发现，突围中牺牲了四人，其中两人是我的表侄，都只有十几岁。我也在这次战斗中负了重伤，被送到苏联养伤。

刘奉阳是七军的交通员……1937年9月抗联派刘奉阳负责转移暴露人员家属，其中也包括我的家属9人……听说毕玉民、刘奉阳后来牺牲了，我自己从此也再没回过可爱的家乡。

女儿眼中的姜厚本

我父亲在苏联养好伤后，原本是想借道新疆回东北继续抗日的。可一进入新疆，就身不由己了。起初，盛世才（中华民国陆军上将，自1933年到1944年负责新疆的军事、政治，号称"新疆王"——编者注）伪装得很积极，请延安派干部到新疆来帮助工作，父亲他们这批归国义勇军，也受到了盛世才的邀请。后来，苏联和德国打了起来，苏联落了下风。

看势头不对，盛世才又倒向了蒋介石，开始屠杀进步人士。

我父亲消息得知得早，就逃到了和静县。在这里，他认识了我母亲，结了婚（他的原配妻子早已去世），1952年生了我。那时候，父亲已五十几岁了。他做梦也没想到，这么大年纪了还得了个孩儿，所以我的小名叫梦娃。

父亲很在乎我哥，他知道我哥不认他，都是由于他的身份问题。任何苦他都能吃，可一有人质疑他的身份，他就受不了。有一回，造反派说他历史不清，让他交代问题。回来后，他在床上躺了一个礼拜不吃不喝，不停地说："为了抗日，我姜厚本抛家舍业，死了十几口人，这一点我不后悔。现在胜利了，没有肯定，没有荣誉，反倒成了反动派！连儿子也不认我！"

1977年他退休时，念念不忘的还是身份问题。他不断找人去打听，得到的回答是：谁能证明你曾是抗联战士？部队散了，知情人都牺牲了，到哪里去查证呢？

一次次碰壁后，他沉默了。后来，他把自己关在房里。我从门缝里看，发现他趴在桌上写东西，就是那封遗书。一写完，父亲就躺倒了。初一生病，初五就去世了。

作为女儿，我只想给父亲求个名分。他一定很想大大方方地告诉后人："我姜老汉曾经是个抗日英雄！"

（摘自《读者》2016年第4期）

不立功，不下战场

CCTV 国家记忆

黄继光出生在四川省中江县一个贫苦农民家庭。抗美援朝战争爆发时，他刚满 20 岁。当征兵的队伍到中江县时，黄继光第一个在村里报名参军，成为中国人民志愿军的一员。

1952 年 10 月，上甘岭战役打响。上甘岭战役开始第六天，志愿军已经丢失了全部表面阵地。为夺回失守的阵地，志愿军第 15 军军长秦基伟下令反攻。师长崔建功命令所有干部下派一级，全部到前线参加战斗。经过大半夜的浴血奋战，志愿军收回了 537.7 高地的全部阵地、597.9 高地的大部分阵地，可唯独 0 号阵地久攻不下。

二营参谋长张广生和六连连长万福来带领 3 个小组，实施连续攻击，但 3 个小组人员很快伤亡殆尽。就在连长万福来向战士们喊"谁要一起上去"的时候，黄继光拦住了他。

为了让连长万福来继续指挥战斗，黄继光主动请求担负爆破任务，与吴三羊、肖登良组成了爆破小组，向敌军进发。

出发前，黄继光把早已写好的决心书，连同给母亲的信，一并交给了万福来。

在最后这封家书中，有这样一段："男现在为了祖国人民需要，站在光荣战斗最前面，为了全祖国家中人等幸福日子，男有决心在战斗中为人民服务，不立功不下战场。"

战斗中，黄继光和肖登良分别炸掉了敌人东西两侧的地堡，此时只剩下中间的地堡。敌人机枪扫射之下，吴三羊牺牲了，肖登良受伤后再也站不起来，只有黄继光拖着一条伤腿缓慢向前爬去。向着敌人的地堡，他奋力扔出最后一颗手雷，然而只炸塌了地堡一角。黄继光爬到地堡一侧，奋力支撑起自己的身体，左手抓住地上的麻包……望向冲上来的战友，黄继光用自己的身体堵住了机枪口。这时，六连的战士们冲出战壕，他们踏着黄继光走过的道路，冲向敌人的地堡，将子弹全部射向美国士兵。

1952年10月20日清晨，战斗结束了。清理战场时，战友们发现，黄继光仍然趴在地堡上，双手还紧紧地抠着地堡上的麻包，敌人的子弹穿过他的腹部，在背部留下了一个碗口大小的窟窿。战友们含着眼泪，将黄继光身上的血迹清洗干净，背部的伤口缝合好，并为他换上了一身新军装。

1953年2月26日，黄继光的遗体被运回祖国，安葬在沈阳抗美援朝烈士陵园。1953年4月，黄继光的母亲邓芳芝参加中国妇女第二次全国代表大会。会后，毛泽东紧紧握着邓芳芝的手，动情地说："你失去了一个儿子，我也失去了一个儿子，他们牺牲得光荣。"

在两年零九个月的抗美援朝战争中，有无数优秀的中华儿女献出了自己宝贵的生命。

（摘自《读者·庆祝中国共产党成立100周年特刊》）

尊 严

王培静

我们家在鲁西南的一个普通村子里。

母亲这次病得很重,她把我和妹妹叫到跟前,断断续续地说:"我告诉你们,你们的爹没死……他还活着。"

我和妹妹都以为母亲在说胡话。

父亲在中华人民共和国成立前就死在了战场上,被追认为烈士——我曾听奶奶和母亲说过,在我有些模糊的记忆里也有点儿印象。

有一天,家里收到一封信,信上说:"我是鲁国仁的战友,他在战场上牺牲了,请允许我叫你们一声爹、娘。你们放心,从今以后,有我一口吃的就不会让你们饿着。嫂子,你带着一双儿女更不容易,等孩子大点儿,你就再向前走一步吧,相信国仁大哥也是能理解的。"从那以后,父亲的那个战友一年四季经常往我家汇钱和粮票,也经常写信来。

有一年夏天,父亲的那个战友写信来说:"我要来看看爹和娘。"

一个傍晚,父亲的那个战友来了,是搭村里送公粮的驴车来的。他几乎是被宋三抱进屋的,昏暗的灯光下,他被宋三放在了凳子上。

他的一条腿没了,双手也没了,两只胳膊都只剩半截儿,头上没有一根头发,脸上的五官全都移了位,而且头上全是疤痕,下嘴唇也没了,说话含混不清。他从凳子上移下来,给爷爷奶奶跪下,费劲地哭着说:"爹、娘,我代国仁回来看你们了。"爷爷和奶奶忙上去扶起了那个人。爷爷、奶奶和母亲都哭得像泪人似的。

奶奶和母亲做了丰盛的晚饭,爷爷一边和那个人吃饭,一边打听些父亲的事情。

母亲回屋后蒙上被了大哭了一场。我想,看到父亲的战友,她可能想起了父亲。

第二天早上,在院子里,他费劲地用还剩半截儿的胳膊抚摸了一下我的头,对我说:"一贤,你爹活着时经常和我提起你,他打心底喜欢你。他是英雄,他死得值。你要好好学习,代替你爹孝敬爷爷奶奶。你娘拉扯你和你妹妹不容易,你要听你娘的话,别惹她生气,多替她干些活儿。家里有困难,我会按时寄钱来。"

许多乡亲都来看他,他好像一次也不敢和爷爷、奶奶、母亲对视。吃中午饭时,他提出要走,爷爷和奶奶让他多住几天,他说:"我还要回河北自己的老家去看看。"

爷爷问他:"你家里还有什么人?"

他说:"和咱家一样,爹、娘,还有媳妇和一双儿女。"

爷爷问:"你爹多大岁数了?"

他想了想,说:"和您年龄差不多。"

"儿子多大了？"

爷爷、奶奶、母亲的眼神都有些异样。

临别时，爷爷声音沉重地说："孩子，你不走了，行不行？"

奶奶说："我侍候你一辈子。"

母亲抹着眼泪说："你就听老人的话，别走了，我侍候你，你看这两个孩子多可怜。"

那个人思考了许久，流着泪说："爹、娘、嫂子，你们的心意我领了，可我必须回部队，部队休养院的条件很好，你们不用挂念我。你们放心，我走后会按时寄钱回来贴补家用。"

爷爷说："你要真走，今后钱就不用寄了。政府把我们照顾得很好，你不用挂念我们，自己在外边多保重吧。"

爷爷叹着气去了队里，让队里的驴车去送那个人一程。

那个人走时又给爷爷和奶奶跪了下来，他用沙哑的嗓音说："爹、娘，你们多保重吧，儿子不能留在跟前侍候你们了。"他转身对母亲说，"嫂子，你拉扯两个孩子长大不容易，我代国仁大哥谢谢你了。"

爷爷和母亲忙一起架起了他。

那个人果然说话算数，直到现在，每两个月他都汇一次钱来，但汇款单上从没留过地址。

母亲临终时说："我后悔呀，真是后悔，当时没有把他留下来。当时你爷爷、奶奶、我，都看出来了，那个自称你爹战友的人，就是你们的亲爹。"

（摘自《读者》2022 年第 12 期）

寻迹红旗渠

杨震林

八百里太行一路向南，在晋冀豫交界处造就了一段峻奇险绝的"北雄风光"，却也因壁立如刀削而阻隔交通，被视为畏途。悠悠千百年，巍巍太行与"愚公移山"结下不解之缘，20 世纪中期，又诞生了"人工天河"红旗渠。林县人民怀揣"誓把河山重安排"的雄心和"引漳入林"的梦想，在太行山上凿崖填谷，削平山头，架设渡槽，凿通隧洞，终于成渠，全长 1500 公里。红旗渠蜿蜒盘曲，漳河水越岭翻山，在分水岭分作三条干渠后，四散为千万条支渠、斗渠和毛渠，润泽干渴的庄稼，染绿苍黄的山林。

我每每探访红旗渠，灵魂都受到难以言喻的震撼。当我在山下仰望，见山腰间那一段段渠身巨龙般隐伏于密林，胸中便油然升腾起敬意。当我俯下身子，双手触摸那一方方质地厚实、紧紧相依的渠石，禁不住屏住了呼吸。当我仔细辨认嵌于渠岸的石柱上模糊的"承建"字样时，顿时明白了它不朽的秘密——那一刻，青山不语，大地低伏，我却仿佛看到了漫山遍野红旗招展，听到了千万人声响彻寰宇。

这是一条英雄筑就的渠，是勇气和智慧缔造的奇迹。

林县有着沧桑斑驳的历史人文印迹，而有3条渠、3个人，在当地人的记忆里分外清晰。第一条叫天平渠，由元朝任知州的李汉卿牵头修筑。引天平山清流，以缓解当地干旱缺水的状况。虽只牵涉十几个村庄的人畜饮水问题，却给后人以启示。第二条叫谢公渠，由明朝万历时任知县的谢思聪组织官民修筑。引洪谷山泉出山，解决沿渠40多个村庄的人畜用水和灌溉问题。

第三条就是红旗渠。中华人民共和国成立后，全国各地大兴农田水利建设，林县也陆续建成了弓上水库、南谷洞水库等水利设施。1958年大旱，境内河流和新建水库干涸见底，县委书记杨贵等人在深入考察的基础上，提出"引漳入林"的创造性设想，得到河南、山西省委的大力支持。经过10年苦干，红旗渠逶迤于太行，漳河水穿山而来，彻底改写了林县干旱缺水的历史。时至今日，林县人民仍然亲切地称呼杨贵为"老书记"。

历史反复证明，谁能急老百姓之所急，干实事、谋实绩，谁就永远不会被人们忘记。

"劈开太行山，漳河穿山来，林县人民多壮志，誓把河山重安排……"有人唱起了电影《红旗渠》里的歌曲，我沉浸其中有所思。为什么这一奇迹会发生在这里？是什么让原本沉默的山民迸发出气壮山河的豪迈勇气？又是谁使了什么手段，让滔滔的漳河水乖乖听话，一个山上流淌，一个山下东去？巍巍南太行，苍茫黄土地，不知能否解答我的问题。

林县地处南太行，北临漳河，西倚太行，南通河洛，东望平原，是黄土高原东出和北上华北平原的必经之路。山左山右、大河上下的文化交流深入，中原文化的智慧包容、三晋文化的务实求新、燕赵文化的慷慨豪气，在南太行激荡交融，孕育了自强不息、艰苦奋斗、百折不挠的愚公移山精神，也塑造了当地人倔强、隐忍、朴实的秉性气质。这些鲜明的文化基因和地方特质千百年来沉淀于当地人身上，在波澜壮阔的20世纪得以彰显。

林县是革命老区，经抗战和解放战争洗礼，是太行山前坚强的红色堡垒。在长期的革命斗争中，一批优秀的林县儿女逐渐成长起来，在林县全境解放后，又积极加入南下支队解放东南、建设东南。他们中有的牺牲，有的扎根基层，他们身上体现出来的忠诚、勇敢、坚韧、奋斗、奉献的精神与红旗渠精神一脉相承。杨贵等从战争中走来的党员干部，不计个人得失，坚持实事求是，不跟风、不虚报、不唯上，为红旗渠的上马积累了宝贵家底。他们的气质、做派与谷文昌同源同根，自觉做到了心中有党、心中有民、心中有责、心中有戒。革命带来翻天覆地的变化，革命也激发了当地干部群众骨子里的倔强、勇敢，点燃了自力更生、艰苦奋斗、创造美好生活的豪情，最后汇聚成"重新安排林县河山"的伟力。

我仔细翻阅相关资料，对红旗渠有了更深的认识。20世纪60年代，工程技术条件落后，仅靠人力、炸药和简陋的工具，在绝壁悬崖下一锤一钎劈山修渠，施工之难、工程量之大难以想象。在红旗渠纪念馆，穿行在历史与现实之间，我真切地理解了自力更生、艰苦奋斗的含义。红旗渠动工时正值"三年困难时期"，上级无力支持地方建设，林县党委、政府不等不靠，迎难而上，"自力更生是法宝，众人拾柴火焰高，建渠不能靠国家，全靠双手来创造"。如此浩大的工程，当年贫穷的林县人民是怎样"自行解决"的呢？一张张图片，一段段影像，一件件实物，一行行文字，为我们再现了当年的感人场景。全县50万人口，先后有30多万人上山参加过修渠。人们住石崖、宿山洞、吃粗粮，劈山造渠不休不止，其斗志之昂扬、决心之顽强，令人肃然起敬。渠一修就是10年，其间全县所有干部甚至每月从29斤口粮中挤出2斤支援修渠，连县委书记杨贵也曾经饿着肚子晕倒在工地。这样的自力更生，如何不让人震撼？这样的艰苦创业，谁见了不动容？

　　自力更生、艰苦创业的背后，闪耀着人民群众创新、创造的光芒。总干渠从渠首到分水岭70多公里，落差仅有10多米，且渠线全部位于悬崖峭壁上，对测量和施工精度要求很高。吴祖太作为技术员，带着一批边学边干的"土专家"，使用仅有的一台简陋的测量仪器，居然成功地完成了这一技术挑战，令人惊叹。为解决总干渠与浊河交叉的矛盾，别出心裁地设计、建造了一个"坝中过渠水，坝上流河水"的空心坝，让渠水不犯河水；修建桃园渡槽时发明了"简易拱架法"，设计建成了"槽下走洪水、槽中过渠水、槽上能行车"的"桃园渡桥"，构思巧妙；山上垒砌渠墙需要大量物料，仅靠人拉肩扛效率低下，于是土法上马，在空中架起"空运线"，把石灰、沙、水等从山下直送到山上工地；开渠凿洞挖出了大量渣石，于是变废为宝沿渠修建道路，既不使废渣压地，又能以渠带路、以路带林，两全其美；紧挨着工地露天明窑烧石灰，不仅满足了砌渠所需，还提高效率、节约成本、节省运力。依靠勤劳智慧的双手，这些平凡人创造了不平凡的业绩，他们留下的岂止是一条物理意义上的渠？

　　幸福不会自天而降，它是对奋斗者最好的奖赏。林县人民勤劳勇敢，修筑了红旗渠，彻底改变了因缺水而多舛的命运。昔日的荒山秃岭变成绿水青山，干涸土地变成沃野良田，人们的精神面貌焕然一新，还铸就了"自力更生、艰苦创业、团结协作、无私奉献"的红旗渠精神。但更值得钦佩的是，林县人民并没有满足现状而就此止步，而是有了更新、更远大的梦想，踏着改革开放的时代节拍再出发、再奋斗，为红旗渠精神注入了永远在路上、敢为天下先的活的灵魂。徜徉在红旗渠纪念馆里，我看到了一支支建筑大军走出大山，扮靓了大城市，富裕了小家庭，一座座工厂遍地开花，显示出勃勃生机；看到了红旗渠、大峡谷变成了"金山银山"，山城林县变成了现代化的新林州。奋斗是永不停歇的追求，追求是与时俱进的奋斗。从林县人民拼搏进取的轨迹里，我看到的是更多国人奋斗的光与影、心和梦。

命运由自己掌握，自力更生、艰苦创业永远不过时，团结协作、无私奉献永远不能丢。让我们以奋斗者的姿态，向红旗渠精神致敬！

（摘自《读者》2019年第20期）

古籍江海寄余生

许晓迪

7月初的南京，已是盛暑溽热。

早上7点多，98岁的沈燮元从家里出发去上班——先乘18路公交车，再到新街口转3路。

他习惯早点儿出门，交通情况好，车上空位多。快点儿半小时，慢点儿不到一个钟头，他就能在目的地南京图书馆站下车。9点上班，年轻的同事们还没到，古籍部办公室的门锁着，他坐在图书馆阅览区的长椅上，随手翻着一本杂志。杂志是从同事那儿借来的，他说有好多新名词他都看不懂了。

对这个时代，他仍有强烈的好奇心。当年为了看综艺节目《非诚勿扰》，他把电视从黑白的换成彩色的。现在，他更关心国际风云，每天晚饭后都锁定中央四台，看看国际局势，分析一番。

"买了一辈子的书，编了一辈子的目录，旁的不做，也没旁的时间。"沈燮元如此总结自己的一生。在他家的墙上，挂着一幅他两年前写的古人七言绝句："西邻已富忧不足，东老虽贫乐有余。白酒酿来缘好客，黄金散尽为收书。"

书抄完了，上海解放了

沈燮元生于无锡，在苏州长大，虽曾就读于教会学校，接受洋派教育，但从小自学古文，四年级时就能写文言作文，引得老师惊诧不已。抗战胜利后，他考入苏州美术专科学校，学素描和中国画。因为眼睛近视，他只上了一个学期，便转考无锡国学专修学校。

无锡国专创办于1920年，钱锺书的父亲钱基博曾担任该校教务长。1946年，新文化运动已进行了31年，这所书院式的学校却仍以研读古籍为主要课程，朱东润、冯振心、周贻白等名师云集于此。1947年，沈燮元转学到国专的上海分校。分校的讲席阵容依然强大：王蘧常开先秦诸子课，童书业讲秦汉史，王佩诤讲目录学，朱大可、顾佛影讲诗学，张世禄讲音韵学……

学校附近有一个合众图书馆，创办于1939年，由金融家叶景葵、出版家张元济发起成立，版本目录学家顾廷龙担任总干事。彼时，全面抗战进入第三年，沿海各省相继沦陷，全国图书馆或已停顿分散，或在炮火中化为灰烬，私家藏书也零落流散。日、美等国乘势搜罗、掠夺我国珍贵古籍。危局之中，留守上海孤岛的合众同人，"搜孑遗于乱离，征文献于来日"，为中国传统文化营造了一处栖身之所。

1948年，24岁的沈燮元从国专毕业。他成为合众图书馆的干事，专事编目。

1949年春天，勉力支撑了10年的合众图书馆，已濒临倒闭。那段时间，沈燮元仍坚持每天去图书馆上班。走在路上看不到几个人，他也不害怕。那时，国民党军队还在负隅顽抗，图书馆被占作据点，大门口堆了沙袋堡垒，图书馆的日常工作被迫停止。"顾老当时让我抄清代吴大澂的《皇华纪程》，两万多字，我就用毛笔抄，抄了个把礼拜。书抄完了，上海解放了。"

买书好比交女朋友

1955年10月，沈燮元来到南京图书馆，开始了与古籍打交道的日子。

版本目录学是一门记载图书版本特征、考辨版本源流的学问。在中国传统学术中，版本目录是治学的门径；在现代人眼中，它难免显得艰深枯涩。

"古书里的学问很深，里面有好多问题，要懂文字学，要懂音韵学，看印章要懂篆文，看毛笔字要懂书法。有时候看一篇序，一个草书字不认识，横在那里，整篇文章都读不通了。所以研究古籍想做出成绩太难了，比较苦。"

在这个冷板凳上，沈燮元一坐就是60多年。常年在图书馆编目的实战经验让他练就了一副火眼金睛，通过观察行格、避讳、刻工、纸张、字体、印章，就能鉴别出古籍的版本及真伪。

每年春天和秋天，沈燮元都会到上海、杭州、苏州、扬州等地为馆里买古书。

南京图书馆的十大"镇馆之宝"中，有两部是沈燮元买回的。

一部是北宋金粟山藏《温室洗浴众僧经》,"铁琴铜剑楼的后人卖给我的,可能是家里急需钱,只要500块"。一部是辽代重熙四年(1035年)泥金写本《大方广佛华严经》,他经朋友介绍,和卖家在上海的街头碰面,"那人拿来一个大卷子,掀开一点,我看到'重熙四年'和'辽'字,赶紧叫他卷回去。我问多少钱,他说500块。当时我带了1000多块现款,立马成交。我生怕他变卦,拿了就走"。他曾把买书比作交女朋友,"没有成功就不要乱讲,一乱讲就不成功啦"。

20世纪五六十年代,沈燮元花7块钱在书店给南京图书馆买来清代"扬州八怪"之一金冬心的《冬心先生集》雍正刻本;到了2020年,金冬心著作系列17种拍到了350万元。他有时也和后辈说说笑话,感叹当年买的好东西都上交公家了,"就像股票公司的人不能炒股,我不能给自己买古书,买了就说不清了"。

"出差"10年

因为"识货",1978年沈燮元接到一个任务,参与《中国古籍善本书目》的编纂,并担任子部主编。

善本,指那些具有历史文物性、学术资料性、艺术代表性又流传较少的珍贵古籍。周恩来总理在病危之际提出,要尽快把全国善本书总目录编出来,由此开启了中国近百年来最为浩大的一次古籍善本书目编纂工程。

在北京,编委会成员住在北京香厂路国务院招待所,当时物资仍然匮乏,工作人员一天只吃两顿饭,上午10点一顿,下午4点一顿,其余时间,都置身于收集自全国781个大小图书馆、博物馆的13万多张善本目录卡片的汪洋大海中。在没有电脑和互联网的时代，他们只能凭借自己的经验和学识，一一查核每张卡片记录的书名、卷数、作者、版本等项是否正确。

1995年，耗时近18年，《中国古籍善本书目》最终完稿，被认为是国内目前最具权威性的古籍善本联合目录。从初审到定稿，沈燮元参与了整个编纂过程，在北京和上海两地共"出差"10年。

休息的时候，他喜欢和朋友们一起喝酒。那些年结交的年轻朋友，多年后纷纷成为各大图书馆和高校的骨干精英。沈燮元后来着手整理黄丕烈题跋，需要相关资料和书影时，就会有人欣然将其送上他的案头。

黄丕烈，被誉为"五百年来藏书第一人"。在藏书界，经他题跋的古籍都被视为重量级藏品，有了"黄跋"，书的"价格嘭嘭嘭就上去了"。士礼居，就是黄丕烈藏书楼的楼名。

百余年来，"黄跋"经几代学者多方搜集，汇编成书。但由于整理者多半没看过原书，所以辑本中难免有错漏。退休以后，沈燮元一直在整理黄丕烈题跋集，希望理出一个更翔实完善的版本。他的《士礼居题跋》不仅对照原书、书影，将旧辑本中的讹误一一纠正，还搜寻了不少散落各处、前人未见的"黄跋"。

这是一项浩大的工程，80万字的书稿，全部由他手写而成。苏州博物馆副研究馆员李军是沈燮元的忘年交，帮他将稿子录入电脑，从2007年到2017年，"打字打了10年"。"他向来精益求精，一定要拿到书影墨迹来核对，哪里发现了新材料，也要设法弄来看。"这样的结果就是无限拖延。2017年，李军把电子稿交给了出版社。如今5年过去，沈燮元还在对稿件进行校对，不断地增加、修改内容，书稿上满是黑笔、红笔、涂改液的痕迹。

"书囊无底,我和他说,你不可能把地球上所有黄丕烈的东西都收集起来。但是他很坚持,在他手里,这本书一定要尽善尽美。"李军说。

过好每一天

在某些方面,沈燮元有自己的坚持。

他不太信任电脑。"噼里啪啦地打,印出来发现错了,有些是同音字搞混了,有些是字体的问题。就瞎搞,架子上的正式出版物,随便翻翻就能看到好多错字,这样不行,会害人的。"

吃饭,他有自己的口味,热爱苏帮菜。在南京几十年吃下来,除了盐水鸭,其他东西他都不爱吃。他曾经手写过一份菜谱并附简单做法,请年轻的同事打印出来,交给食堂师傅。

喝酒,他喝了一辈子。年轻的时候喝多了,他还曾醉卧在苏州忠王府的大殿前。如今每晚回家也要喝点儿,一杯黄酒或一罐啤酒,白酒不碰了。

"生活要有规律,绝对不能熬夜。要起居有节,要控制饮食。希腊人讲,认识你自己。做到这一点不容易,我们哪晓得自己啊?我们总是放纵自己,这不行,要管好自己。我就是自己最好的医生,所以我什么毛病都没有。大夫说我的心脏状态很年轻,像三四十岁人的心脏。"

当年参与《中国古籍善本书目》编纂的人,主编顾廷龙,副主编冀淑英、潘天祯都已过世,编委会的成员也大多凋零,沈燮元成了极少数"硕果"。"我今年98岁,但我从来不想这个年龄,做好自己应该做的事,生活越简单越好,不要胡思乱想,我奉行的信条就是5个字——过好每一天。"

《士礼居题跋》只是前奏，他要做自己的"黄丕烈三部曲"，题跋集之后，还有诗文集和年谱。

年轻人替他着急，他的心态却很好："黄丕烈三部曲弄不完，我是不会'走'的。"

他好似一只蠹鱼，潜入古籍的江海，流光如矢，且寄余生。

（摘自《读者》2022年第18期）

八步沙·六老汉·三代人

任卫东　姜伟超　文　静　张　睿

20世纪80年代，八步沙——腾格里沙漠南缘甘肃省古浪县最大的风沙口，沙魔从这里以每年7.5米的速度吞噬农田和村庄，"秋风吹秕田，春风吹死牛"。

当地六位年龄加在一起近300岁的庄稼汉，在承包沙漠的合同书上按下手印，誓用白发换绿洲。

38年过去，如今六老汉只剩两位在世。六老汉的后代们接过父辈的铁锹，带领群众封沙育林37万亩，植树4000万株，筑成了牢固的绿色防护带，护卫着这里的铁路、国道、农田、扶贫移民区。

这不仅仅是六个人的故事，也不仅仅是六个家庭的奋斗历程，更不仅仅是三代人的梦想，这分明是人类探寻生存之路过程中对大自然的敬礼！

誓用白发换绿洲

甘肃省古浪县是全国荒漠化重点监测县之一，境内沙漠化土地面积达到239.8万亩，风沙线长达132公里。

在大自然严苛的条件下，这里的人们用十倍百倍的汗水，为一家老小糊口谋生。

到了20世纪80年代初，沙漠化加剧，沙漠以每年7.5米的速度入侵，已经是"一夜北风沙骑墙，早上起来驴上房"。

"活人不能让沙子欺负死！"

1981年，随着国家"三北"防护林体系建设工程的启动和实施，当地六位农民郭朝明、贺发林、石满、罗元奎、程海、张润元，在合同书上摁下红指印，以联户承包的形式组建了八步沙集体林场。

当时，他们中年龄最大的62岁，最小的也有40岁。

在一个天蒙蒙亮的早晨，六老汉卷起铺盖住进沙窝。这一干就再也没有回头。

在沙地上挖个坑，上面用木棍支起来，盖点茅草，当地人叫"地窝铺"。这里夏天闷热不透气，冬天沙子冻成冰碴子，摸一把都扎手。

六位老汉节衣缩食，凑钱买了树苗，靠一头毛驴、一辆架子车、几把铁锹，开始了治沙造林。

没有治沙经验，只能按"一步一叩首，一苗一瓢水"的土办法栽种树苗。

然而，在沙漠中种活一棵树比养活一个孩子都难。第一年，六老汉造林1万亩，转过年一开春，一场大风，六七成的苗子没了。

老汉们慌了："难道家真的保不住了吗？"当时的古浪县林业局局长闻

讯，带着技术员来到八步沙，一起出谋划策。

他们发现，有草的地方栽种的树苗"挺"过了狂风。兴奋之余，六老汉重拾信心，总结出"一棵树，一把草，压住沙子防风掏"的治沙经验。

慢慢地，树苗的成活率上去了，漫天黄沙中有了点点绿意。

沙漠里最难的不是种草种树，而是看管养护。当地的村民世代都在沙漠里放羊，新种的树几天就会被羊啃光。树种下后，六老汉调整作息时间，跟着羊"走"：每天日头一落就进林地"值班"，夜里12点再爬进沙窝休息。

渐渐地，由乔木、灌木和草结合的荒漠绿洲在八步沙延伸开来。

10年过去，4.2万亩沙漠披绿，六老汉的头发却白了。66岁的贺老汉、62岁的石老汉，在1991年和1992年相继离世。

贺发林老汉因肝硬化晚期昏倒在树坑旁。

石满老汉是全国治沙劳动模范。他没有被埋进祖坟，而是被埋在了八步沙。他去世前一再叮嘱："埋近点，我要看着林子。"

薪火相传，沙地显绿意

后来的几年里，郭朝明、罗元奎老汉也相继离世。老汉们走的时候约定，六家人每家必须有一个"接锹人"，不能断。

就这样，郭老汉的儿子郭万刚、贺老汉的儿子贺中强、石老汉的儿子石银山、罗老汉的儿子罗兴全、程老汉的儿子程生学、张老汉的女婿王志鹏接过老汉们的铁锹。"六兄弟"成了八步沙第二代治沙人。

2017年，郭朝明的孙子郭玺加入林场，成为八步沙第三代治沙人。

"父死子继，子承父志，世代相传"，成了六家人的誓约。

1982年，62岁的郭老汉病重，经常下不了床，30岁的郭万刚接替父亲进入林场。当时郭万刚在县供销社端着"铁饭碗"，并不甘心当"护林郎"，一度盼着林场散伙，好去做生意。

他曾怼父亲："治沙！沙漠看都看不到头，你以为自己是神仙啊！"

一场黑风暴，彻底改变了郭万刚的想法。

1993年5月5日17时，当地平地起风，随即就变得伸手不见五指，蓝色的闪电伴着清脆的炸雷轰了下来。郭万刚当时正在林场巡护，还没反应过来就被吹成了滚地葫芦，狂风掀起的沙子转眼将他埋在了下面。

郭万刚死里逃生。第二天早上，一个消息传来：黑风暴致全县23人死亡。

郭万刚沉默了半天，此后再也没有说过想离开八步沙。

1991年，21岁的贺中强在父亲倒下的树坑旁捡起铁锹，进入林场；1992年，22岁的石银山接替父亲进入林场；2002年，30岁的罗兴全接替父亲进入林场……当年的娃娃正一天天向老汉迈进，但八步沙更绿了。

据测算，八步沙林场管护区内林草植被覆盖率由治理前的不足3%提高到现在的70%以上，形成了一条南北长10公里、东西宽8公里的防风固沙绿色长廊，确保了干武铁路、省道和西气东输、西油东送等国家能源建设大动脉的畅通。

在林场的涵养下，附近地区林草丰茂，大风天气明显减少，全县风沙线后退了15公里。

三代治沙，时代圆梦

治沙不能只守摊子。在治理好八步沙后，2003年，"六兄弟"主动请缨，向腾格里沙漠的黑岗沙、大槽沙、漠迷沙三大风沙口进发。

"六兄弟"连续在治沙现场搭建的窝棚中度过了10多个春秋。早上天未亮就出发巡护，夜里蜷进窝棚，每日步行30多公里，用坏的铁锹头堆满了整间房子。完成治沙造林6.4万亩，封沙育林11.4万亩，栽植各类沙生苗木2000多万株。工程量相当于再造了一个八步沙林场。如今，柠条、花棒、白榆等沙生植被郁郁葱葱。

从天空中俯瞰，一条防风固沙绿色长廊像一位坚强的母亲，将黄花滩移民区十多万亩农田紧紧抱在怀里。当地林业部门的干部说，在林场的保护和涵养下，周边农田亩均增产10%以上，人均增收500元以上。

党的十八大以来，"六兄弟"得以不断放飞梦想，治沙造林的步伐不断加快。

"六兄弟"成立了一家公司，先后承包实施了国家重点生态功能区转移支付项目、"三北"防护林体系建设工程等国家重点生态建设工程，并承接了国家重点工程西油东送、干武铁路等植被恢复工程项目，带领八步沙周边农民共同参与治沙造林，在河西走廊沙漠沿线"传经送宝"。

2018年，在古浪县委、县政府的鼓励帮助下，八步沙林场将防沙治沙与产业富民、精准扶贫相结合，流转了2500多户贫困移民户的1.25万亩荒滩地，种植梭梭嫁接肉苁蓉5000亩，种植枸杞、红枣7500亩，帮助贫困移民发展特色产业，一年下来光劳务费就发放了300多万元。

古浪是藏语"古尔浪哇"的简称，意为黄羊出没的地方。但由于土地荒漠化严重，生活在这里的人几十年都没见过黄羊。随着治沙成效越来越显著，黄羊的身影重新出现在这片土地上。

除了黄羊，金雕、野兔、野猪等野生动物也时常出没在附近沙漠，封禁保护区变成了动物乐园。

1999年，甘肃省绿化委员会、甘肃省林业厅、中共古浪县委、古浪县人民政府为"六老汉"和郭万刚在八步沙林场树碑记功。2019年3月，"六老汉"三代治沙群体被授予"时代楷模"称号。

个人敢做梦，时代能圆梦。郭万刚哥儿几个曾做过一张名片，背后是一幅绿茵茵的生态家园图：山岳染绿，花木点点，雁阵轻翔。这正是他们不懈追求的美丽梦想。

（摘自《读者》2020年第2期）

赤瓜礁的来信

何铁城　柯永忻　雷彬　杨捷

　　写第一封信的时候,胡四海只有 26 岁。那是 1988 年,春节的喜庆氛围还未散去,一条重磅新闻再次拨动人们兴奋的神经。3 月 14 日,英勇的中国人民解放军海军为维护国家领土主权和海洋权益,在赤瓜礁海域取得了骄人战绩!

　　英雄的故事,迅速传遍大江南北。浙江省宁波市大榭中学的教学楼里,年轻教师胡四海举着报纸大声朗读,欢呼雀跃。

　　作为地理老师,胡四海心中刻着一幅完整的中国地图。赤瓜礁,这个只在课本上出现过的名字,重新进入他的视野。

　　回到班里,胡四海立即召开了一次特殊的班会,主题是"祖国领土神圣不可侵犯"。

　　报纸、资料在全班 47 个学生手中传递,孩子们瞪大眼睛看着,眼神清澈而坚定。胡四海对学生们说："守礁官兵在艰苦的海岛上守卫海疆，才有了我们的和平安宁。我们能为他们做些什么？"

七嘴八舌的讨论中，"写信"成了呼声最高的回答。师生们亲手设计制作了314个信封，然后一笔一画写下心里话，装进信封。

可是，信写好了，往哪里寄？仅仅是打听收件地址，师生们就花了两个月的时间，得来的还只是部队的大致通信位置。

这已经够了。胡四海将装满美好祝愿的信件寄向了远方，但守礁官兵能否收到，他心里始终没底。从那时起，等待就成了师生之间共同的默契。

一个月、两个月、半年……一直到那届学生初中毕业，回信还是没有等来。转眼3年过去了，1991年的一天，大榭中学教导处主任的办公桌上出现了一封卷边的信件，来信地址处赫然写着两个字——"海军"！

胡四海小心翼翼地拆开信封，信纸上，黑色的字迹被海水侵蚀后有些褪色，但看起来依然刚劲有力："你们寄来的包裹及信件已经收到，真诚感谢你们的深情厚谊。""赤瓜礁远离大陆，条件艰苦，但这一切动摇不了我们守礁的信心与决心，因为祖国与我们同在，你们与我们同在……"

拿着这封等待了3年的信，胡四海热泪盈眶。他不知道的是，由于交通不便，加上邮寄地址不够详细，他们写给守礁官兵的信来回辗转、漂洋过海，直到1990年8月才被送到守礁官兵手中。

收到师生们的来信，守礁官兵们同样感动不已。礁上条件简陋，他们找来信纸，铺在礁石上，佝偻着腰一笔一画地写下回信，托付给路过的渔船捎上岸，再寄向千里之外的大榭中学。

收到回信，胡四海找了一个合适的时间，将那届学生召回母校。师生重聚一堂，共同朗读这封期待已久的珍贵信件。

暖流，在年轻的心中涌动——"解放军战风浪、斗酷暑，坚守在祖国的海疆，我们要继续给他们写信、向他们学习。""慰问他们，也是激励自己……"

每次收到远方来信，守礁官兵们都迫不及待地挤在一起阅读。信中，孩子们除了讲述自己的学习情况，还会好奇地询问守礁官兵在礁上的生活。

如果真要描述的话，这里高温、高湿、与世隔绝，有着常人难以想象的孤独。但战士们的回信里，赤瓜礁永远美丽而浪漫——这里有着地球上最美的海，站岗时，望着漫天繁星，仿佛一伸手就能触到穹顶；有时鱼群浩浩荡荡游过来，像一道彩虹悬在水中；站在礁上眺望，远处常有渔民的船声帆影……不过，战士们避而不谈的另一面，没有瞒过细心的师生：通过报纸资料，他们早就知道了守礁生活的艰苦。

那段时间，胡四海和学生利用课余时间收集废品，换成钱买了一些萝卜干，寄给赤瓜礁的官兵，"希望他们吃饭更有味道"。

老兵陈洪记得，收到包裹的那天，战友们一人分了一点，又小心地封存起来。嚼着香脆的萝卜干，他忍不住泪流满面。当年那个包裹上的包裹单，如今珍藏在赤瓜礁的荣誉室里，在"价值"一栏，赫然写着"无价之宝"。

可是，这份萝卜干也让战士们犯了难：礁上条件简陋、物资匮乏，我们拿什么回赠给老师和同学们？

后来，他们找到一个合适的时机，收集了90个贝壳和两瓶海沙，托人寄给了师生们。他们在回信中说，同学们的心灵就像祖国南沙的海沙一般，细腻、纯洁、美丽。

感人至深的互动，在大榭中学和赤瓜礁上持续发生。不过，由于种种原因，一封信耽搁半年、一年甚至更长时间是常有的事。庆幸的是，这依然没有阻断守礁官兵与师生之间深厚的情谊。

战士们的回信，如今都被珍藏在大榭中学的档案室里。层层叠叠的信件中，一封不足百字的信格外引人注目："一艘渔船路过，时间仅3分钟。捎信一封寄你，勿挂念，感谢你的诚意！"

这是战士钱靖写给学生王静的信。此前，他们就曾通过书信有过这样的交流——"我去年18岁，高中毕业于湖北南漳一中，考入了北京师范大学。我的理想是生活在蓝色的军营中。""我12月到达南沙部队，参加为期5个月的训练，已成为一名优秀的南沙卫士……"

这是不同地点、不同环境、不同经历的两名青年之间的对话，他们的真挚友谊，来源于保家卫国的宏大志向，扎根于勇敢追梦的人生态度。

信来信往，纸短情长。赤瓜礁，成为学校教书育人的精神高地，也成为一代代学生向往和追求的"诗与远方"。

30多年来，胡四海一直怀着一个心愿：在有生之年，看一看赤瓜礁、见一见守礁官兵。

他的心愿，实现了一半：2020年9月，3名官兵从赤瓜礁出发，搭乘部队的交通艇，在海上航行了数日，又换乘飞机前往宁波。

见到"亲人"时，胡四海一把抱住了时任教导员的邹良一："30多年了，终于把你们盼来了！"

邹良一登上大榭中学的讲台，向师生们现场讲述了赤瓜礁的故事。看着台下黑压压的人群，邹良一想起的是战友们喜滋滋地挤在一起读信的场景，以及他们和这些孩子同样清澈的眼睛——孩子们在书信中的种种期许，早已成为守礁官兵砥砺前行的不竭动力：因为一次约定，上士周涛坚持每日苦练，连续5年斩获南沙守备部队军事体能比武桂冠；因为一句

"偶像"，上等兵常海日从刚上礁时的体能"吊车尾"，逐渐成长为"优秀士兵"……

那天在大榭中学，邹良一作了一场感人肺腑的报告，台下掌声经久不息。

人群中，一名叫王宇轩的初二学生握紧了拳头。两年之后，他被宁波效实中学海军航空实验班录取，成为海军飞行员的培养对象。

消息传来，胡四海会心地笑了——他相信，大榭中学的每一个孩子心中都有一座"赤瓜礁"。

（摘自《读者》2023 年第 16 期）

中国"氢弹之父"

邵　峰

在中国核武器发展历程中,"氢弹之父"于敏所起的作用是至关重要的。因为他,如今的中国才能和美、俄、英、法比肩,成为全球拥有氢弹的五个国家之一。因为他,中国拥有了世界上最先进的氢弹技术,并且是在全球唯一能保持氢弹战备状态的国家!

少年励志

1926年8月16日,于敏出生于天津市宁河县芦台镇。于敏的父母都是普通的小职员。和其他普通家庭一样,夫妻俩起早贪黑地工作,只为赚取微薄的收入养家糊口。对于这个聪明的儿子,他们并没有过多的时间去教导。

于敏自幼喜欢读书，有过目不忘之能，书中的那些人物，如诸葛亮、岳飞等都是他崇敬的对象。和许多热血少年一样，当看到岳飞荡寇平虏、诸葛亮兴复汉室的壮志时，于敏总是想象着有朝一日自己也能够为国家崛起效力，建功立业。

虽然家境贫寒，但是于敏自小聪明好学、机智过人。他在天津耀华中学念高中时，就以各科第一闻名全校。1944年，他顺利考入北京大学。但恰逢此时，父亲突然失业，在同窗好友的资助下，于敏才得以进入北大求学。

于敏刚刚进入北大时读的是工学院机电系，后来他发现，工学院教的都是别人已经研究出来的东西，强调的是知识的运用，太过简单没有意思。而他更喜欢探索未知的领域，喜欢寻根探源，沉浸在"纯粹"的理论之中。大二时，于敏发现物理学中还有很多未知的领域需要探索，于是他转入物理学院，将自己的专业方向定为理论物理，从此便沉浸在物理学领域一发而不可收。

1949年大学毕业时，于敏以第一名的成绩考上了北大物理学院的研究生。读研究生的于敏更是以聪慧闻名北大，让导师张宗燧大为赞赏。

国产专家

1951年，于敏以优异的成绩毕业。很快，他被慧眼识才的钱三强、彭桓武调到中国科学院近代物理研究所，专心从事原子核理论研究。这个研究所集中了当时中国核领域的顶尖人才，其中就有于敏日后的挚友、"两弹"元勋邓稼先。

在进入研究所之前，于敏研究的是量子场论。于敏进入研究所时，我国已经开始了原子弹的理论研究。

量子物理和原子核物理是两个完全不同的物理学分支，于敏必须从头学起。学习对于敏来说，从来就不是一件难事。在不到四年的时间里，于敏不仅掌握了国际核物理的发展趋势和研究焦点，还在关于核物理研究的关键领域，写出许多有重大影响力的论文和专著，其中包括于敏与杨立铭教授合著的我国第一部原子核理论专著《原子核理论讲义》。

诺贝尔物理学奖获得者、日本专家朝永振一郎曾亲自跑到中国，点名要见于敏这位奇才。一番学术交流后，朝永振一郎问道："于先生是从国外哪所大学毕业的？"于敏风趣地说："在我这里，除 ABC 外，基本都是国产的！"在得知于敏是一个从来没有出过国，也没有受过外国名师指导，靠独自钻研获得如此巨大研究成果的本土学者后，朝永振一郎震惊得说不出话来。

隐姓埋名

1961 年，于敏已经是国内原子核理论研究领域的顶级专家，为我国原子弹工程做出了很大的贡献。但是这一年，他接到了新的任务。

1 月的一天，于敏奉命来到钱三强的办公室。一见到于敏，钱三强就直截了当地对他说："经所里研究，并报上级批准，决定让你参加热核武器原理的预先研究，你看怎么样？"

从钱三强极其严肃的神情和语气里，于敏明白了，国家正在全力研制第一颗原子弹，氢弹的理论论证也要尽快进行。

接着，钱三强拍拍于敏的肩膀，郑重地对他说："咱们一定要把氢弹研制出来。我这样调兵遣将，请你不要有什么顾虑，相信你一定能干好！"

钱三强之所以这样说，是因为他知道，原子弹和氢弹是两个完全不同的东西，一个是重核裂变，一个是轻核聚变，在理论研究上基本没有联系。让一个原子核物理专家去研究氢弹理论，不亚于强迫一只飞鸟去大海学游泳。

于敏若接受氢弹研究的任务，就意味着他得放弃持续了10年，已取得很大成绩的原子核研究，在一个基本不了解的领域从头开始。而且那个时候，氢弹理论在国内基本处于真空状态，找不到任何可供参考和学习的东西。虽然此时美、英、苏三国已经成功研制出氢弹，但是关于氢弹的资料都是绝密的，于敏研究氢弹，只能靠自己。

思考片刻后，于敏紧紧握着钱三强的手，点点头，毅然接受了这一重要任务。

这个决定改变了于敏的一生。从此，从事氢弹研究的于敏便隐姓埋名，全身心投入深奥的氢弹理论研究工作。

研究工作初期，于敏几乎是从一张白纸开始。他拼命学习，在当时中国遭受重重封锁的情况下，尽可能多地搜集国外相关信息，并依靠自己的勤奋进行艰难的理论探索。

与此同时，法国人也在研制氢弹，而且已经研究了好几年，科研条件也更好。那个时候，很多人都认为，以法国人的优越条件，一定会在中国之前研制出氢弹。

那个时候，可以说，除了知道氢弹是聚变反应，我国对氢弹的研究基本上是一片空白。于敏想去图书馆的书库中找与氢弹相关的点滴资料，比登天还难。于敏的研究方法也完全不同，既然找不到资料，那就自己去研究！

于敏研究氢弹理论的过程，完全可以媲美爱因斯坦思考出相对论的过程。二者都是不靠资料支持，完全凭无与伦比的智慧思考出来的。仅仅3年时间，于敏就解决了氢弹制造的理论问题，"突破了氢弹技术途径"。

从原子弹到氢弹，按照突破原理试验的时间比较，美国人用了7年3个月，英国用了4年7个月，苏联用了4年。其中一个重要原因，就在于计算的繁复，而中国当时的设备更无法与他们的设备相比。国内当时仅有一台每秒万次的电子管计算机，并且95%的时间分配给有关原子弹的计算，只剩下5%的时间留给于敏用于氢弹研究。

不过于敏记忆力惊人，他领导下的工作组人员，人手一把计算尺，废寝忘食地计算。一篇又一篇论文交到钱三强手里，一个又一个未知的领域被攻克。

中国"氢弹之父"

在解决完理论问题后，接下来就是氢弹的制造问题了。但氢弹的制造难度比原子弹的要高千百倍。

1964年，邓稼先和于敏见面，进行了一次长谈，这两位顶级物理天才在一起，梳理了我国这些年氢弹研究的历程，很快制订了一份全新的氢弹研制计划。此后，二人分工合作，共同开始了我国第一颗氢弹的研制工作。

1964年10月16日，我国第一颗原子弹爆炸成功，在世界上引起轰动。

同年，于敏调入二机部第九研究院。9月，38岁的于敏带领一支小分队赶往上海华东计算机研究所，抓紧设计了一批模型。但这种模型重量大、威力比低、聚变比低，不符合要求。于敏带领科技人员总结经验，随即又设计出一批模型，发现了热核材料自持燃烧的关键，解决了氢弹原理方案的重要课题。

于敏高兴地说："我们到底牵住了'牛鼻子'！"他当即给北京的邓稼先打了一个电话。

为了保密，于敏使用的是只有他们才能听懂的暗语，暗指氢弹研制工作有了突破。于敏说："我们几个人去打了一次猎……打中了一只松鼠。"邓稼先听出是好消息，问道："你们美美地吃了一餐野味？""不，现在还不能把它煮熟……要留作标本……我们有新奇的发现，它身体结构特别，需要做进一步的解剖研究，可是……我们人手不够。""好，我立即赶到你那里去。"

这一年，于敏提出了氢弹从原理到构形的完整设想，解决了制造热核武器的关键性问题。由于于敏和邓稼先等人的努力，自此，我国氢弹研究开始从理论转入实际制造，我国第一颗氢弹爆炸只是时间问题。

而此时，法国人的研究依然停留在氢弹构形问题上。

1967年6月17日早晨，载有氢弹的飞机进入罗布泊上空。8时整，随着指挥员"起爆"的指令，机舱随即打开，氢弹携着降落伞从空中急速落下。十几秒钟后，一声巨响，碧蓝的天空随即翻腾起熊熊烈火，传来滚滚的雷鸣声……当日，新华社向全世界庄严宣告：中国第一颗氢弹在中国西部地区上空爆炸成功！中国自此成为世界上第四个拥有氢弹的国家！此时，法国人依然在黑暗中摸索。

三次与死神擦肩而过

在研制氢弹的过程中，于敏曾3次与死神擦肩而过。

1969年年初，因奔波于北京和大西南之间，也由于沉重的精神压力和过度的劳累，于敏的胃病日益加重。当时，我国正在准备首次地下核试验和大型空爆热试验。那时他身体虚弱，走路都很困难，上台阶要用手帮着抬腿才能慢慢地上去。

热试验前，当于敏被同事们拉着到小山冈上看火球时，他头冒冷汗、脸色苍白。大家见他这样，赶紧让他就地躺下，给他喂了些水。过了很长时间，他才慢慢地恢复过来。由于操劳过度和心力交瘁，于敏在工作现场几至休克。直到1971年10月，上级考虑到于敏的贡献和身体状况，才特许已转移到西南山区备战的于敏的妻子孙玉芹回京照顾。

一天深夜，于敏感到身体很难受，就喊醒了妻子。妻子见他气喘，赶紧扶他起来。不料于敏突然休克，经抢救方转危为安。后来许多人想起那一幕都感到后怕。

出院后，于敏的身体还没有完全康复，他又奔赴祖国西北地区。由于常年得不到休息，1973年，于敏在返回北京的列车上开始便血，回到北京后被立即送进医院检查。在急诊室输液时，他又一次休克。

在中国核武器研发历程中，于敏所起的作用是至关重要的。于敏说，自己是一个和平主义者。正是因为怀抱着对和平的强烈渴望，才让本有可能走上科学巅峰的自己，将一生奉献给了默默无闻的核武器研发事业。

于敏认为自己这一生有两个遗憾：一是没有机会到国外学习、深造、交流；二是对孩子们不够关心。

其实，于敏有很多次出国的机会，但是由于工作的关系，他都放弃了。

从1961年到1988年，于敏的名字一直是保密的。1988年，名字解禁后，他第一次走出国门。

于敏婉拒了"氢弹之父"的称谓。他说，一个现代化的国家没有自己的核力量，就不能算真正的独立。一个人的名字早晚是要让人遗忘的，能把微薄的力量融入祖国的强盛中，他便聊以自慰了。

（摘自《读者》2018年第22期）

我爱你，正如深爱莫高窟

敦煌研究院

自 1944 年国立敦煌艺术研究所成立至今，一批批有志青年满怀着激情和对敦煌艺术的热爱，纷纷来到莫高窟。

几代敦煌人的足迹里藏满故事，其中不乏或细水长流，或情比金坚的爱情传奇。

史苇湘、欧阳琳：一见钟情，一往情深

"在我三灾八难的一生中，还没有一次可以与初到莫高窟时，心灵受到的震撼与冲击比拟……也许就是这种'一见钟情'和'一往情深'，促成我这近 50 年对莫高窟的欲罢难休……"被称为敦煌"活字典"的史苇湘先生如是说。

1947年，女友欧阳琳已经到了敦煌，她形容初见敦煌的感受是"又惊讶，又感动"。1年后，24岁的史苇湘抗战归来后立刻赶到敦煌。

临摹并不容易。每一根线条看起来平淡无奇，真要落笔时，需要收起自己，才能体会千年前古人的良苦用心。稍有不慎，就与原作相去甚远。加之光线原因，不到一平方米的壁画临摹起来往往需要几个月时间。

史苇湘和欧阳琳就这样专注临摹40余年，不知疲倦，只觉得敦煌有画不完的美。

现已从敦煌研究院退休的敦煌学专家马德说："从事绘画的人一般都自称或被称为艺术家，而欧阳老师和她的同事们都自称'画匠'。他们心甘情愿一辈子做画匠，一辈子默默地从事敦煌壁画的临摹工作。"

他们没有计较过住的是土房子，没有为冰窖一样的宿舍介怀。相反，每天的白水煮面条、白菜和萝卜，没有油水、没有四川人少不了的辣椒，他们也能吃得津津有味。

他们给自己的女儿取名史敦宇、欧阳煌玉。欧阳煌玉回忆："有次我问我妈，苦吗？她说，水果好吃，也不觉得苦。"

孙儒僩、李其琼：爱是不问前程

2014年，敦煌研究院建院70周年。5月，在莫高窟的老美术馆里，有一场朴素的展览：心灯——李其琼先生纪念展。

1952年，27岁的李其琼从四川来到敦煌文物研究所美术组，主要负责壁画临摹工作。她是继段文杰之后，临摹敦煌壁画数量最多的画家。

展出的作品琳琅满目，更加引人注目的是一个背影——照片里，从梳着双尾麻花辫的少女到霜丝侵鬓的老人，李其琼面对壁画临摹了一辈子。

在她的丈夫，敦煌研究院保护研究所第一任所长孙儒僩眼里，"是光照千秋的敦煌艺术的伟大火炬点燃了她这盏心灯"。

如果没有当初孙儒僩给李其琼的一封信，她也许不会放弃可能留在八一电影制片厂工作的机会，远赴敦煌。

信中是这样写的："敦煌的冬天实在令人难以忍受。早上起床，鼻子上时常会覆盖一层霜，杯子和脸盆里残留的水，则结着厚重的冰凌……流沙对莫高窟的侵蚀已经到了难以想象的地步，它的瑰丽与神秘有一天可能会消失，而我就是要让它消失得慢一些……"

李其琼来到敦煌两周后，就与孙儒僩举办了简单的婚礼。两个人在土炕、土桌子、土凳子、土柜子组合而成的"家"中开始了他们的新生活——大多数时间，孙儒僩忙于治沙和加固石窟，李其琼则钻进阴冷的洞窟临摹壁画，不知疲倦。

樊锦诗、彭金章：这么远，那么近

"只顾事业不顾家"，很多人这样评价樊锦诗。

她20岁考上北大，时常晾衣服忘了收、晒的被子不翼而飞，才意识到自己需要人照顾。她最喜欢泡图书馆，彭金章比她早到，会帮她在旁边留个位子；她总在手腕上系块手绢，彭金章就送她更好看的；她是杭州人，彭金章从河北家乡带特产给她吃……

一个简单，一个质朴，碰在一起就是默契。

1962年，樊锦诗24岁，和同学到敦煌实习。

没错，敦煌是艺术殿堂，但这里没水没电，没有卫生设施，吃白面条，只加盐和醋。报纸送到手上时已经是出版10天以后，新闻变

"旧闻"。

第二年毕业分配，樊锦诗去了敦煌，彭金章去了武汉大学。之后是长期的书信往来。

1967年，他们在彭金章武大的宿舍里办了简单的婚礼，开始了长达19年的两地生活。一年的团聚时间不超过两周。

孩子生在敦煌，彭金章赶来已经是一周以后了。他挑着扁担，里面装的是小孩的衣物和鸡蛋。"樊锦诗看到我，眼泪都出来了。儿子已经出生好几天了，还光着屁股。"

一个人照顾孩子实在难，大儿子一岁多时，樊锦诗把他送到河北去。4年后小儿子出生，大儿子就得和小儿子在河北和武汉之间来回换。彭金章在武汉照顾一个，他的妹妹在河北老家照顾一个。

大儿子读初中时写了封信给樊锦诗："妈妈没调来，爸爸又经常出差……"

终于，1986年，在找到合适的人接替工作之后，彭金章来到敦煌。

往后的20多年，他一直在敦煌石窟考古和在敦煌学研究领域耕耘，退休后也没有放下。

1998年，樊锦诗出任敦煌研究院院长，忙于国际合作、科学保护、条件改善、人才延揽以及数字敦煌的建设，以期永远地留住莫高窟。

2017年7月29日，彭金章在上海去世。

生前他说："如果不是喜欢这里，我也不会来；如果不是喜欢这里，我来了也会走。"

这无意中投射出敦煌人的爱情信念："爱你所爱，行你所行，听从你心"。

一代代敦煌人坚守莫高窟，心无杂念，勇往直前，才有了今天"千年敦煌重焕光彩"的模样。

  他们不一定听过电影《无问西东》里那句台词——"静坐听雨无畏，无问西东求真"，但他们就是这样做的。

（摘自《读者》2021 年第 10 期）

"熊猫爸爸"潘文石

张 烁

他是北京大学生命与科学学院教授、博士生导师。本应仕途光明的他，偏偏选择像野生动物一样，漂泊在波澜壮阔的大海上，行走在崇山峻岭间，像对待自己的孩子一样，研究保护濒危的大熊猫、白头叶猴和中华白海豚。如今，他依然坚守荒野，用好友的话说："在城市遇见他，比遇到野生动物都稀罕！"

他在研究野生大熊猫等野生动物方面取得了惊人的成绩，成为被美国《国家地理》杂志以人物专访形式采访的第一位中国科学家，还被誉为"熊猫爸爸"……

"科学家的良知不允许我说假话"

一个夕阳西斜的傍晚,我们在大山深处的北京大学广西崇左生物多样性研究基地,见到了富有传奇色彩的"潘爷"。只见老人家雪白的眉毛、红色的脸膛,笑起来慈眉善目,说起话来声如洪钟,宛若金庸小说里的"老顽童"。

和着窗外吱喳的鸟鸣和山谷中潮湿的风,潘文石讲起自己的故事。

"8岁时,我就憧憬野外的生活。青少年时代我喜欢看《鲁滨孙漂流记》,念初一时崇尚杰克·伦敦的《野性的呼唤》……"潘文石说,1955年,他如愿考入北京大学生物系,毕业后留校任教。1958年,潘文石参加中国第一支珠穆朗玛峰探险队,对世界第一高峰进行科学考察。1980年,他到四川卧龙参加一个关于大熊猫的国际合作项目。从此,"血液里对野外生活的向往被唤醒了"。

几经争取,潘文石梦想成真,走进西部群山,在这片有着107道溪流和108道山梁、总面积250平方公里的研究区域,和十几名学生夜以继日地追随野生大熊猫的足迹,从43岁一下子就"追"到了花甲之年。

秦岭的冬季寒气逼人,潘文石和学生们住在四面透风的棚子里,钻进鸭绒睡袋,借着蜡烛微弱的光亮,用冻僵的手指记录大熊猫通过无线电颈圈发回的数据。15分钟一次,一天记96次,有时忙得几乎不吃不喝不睡。

如此饥寒交迫的生活,持续了8年。

危险无处不在。到卧龙后不久,潘文石在一次追踪熊猫时摔下悬崖,幸而抱住了一棵探出山崖的杜鹃。可他伤得不轻,无法进食,无法就医,只靠每天一勺蜂蜜和一个鸡蛋维持生命。

1983年底至1984年初，四川境内死了8只大熊猫，碰巧又发生了60年一遇的竹子开花。于是，"竹子开花导致大熊猫死亡，要把野生大熊猫圈养起来保护"的言论出现了。

在简陋的工棚里，借着微弱的烛光，潘文石奋笔疾书，致信国务院："竹子开花不是大熊猫濒危的原因，是人类的砍伐使大熊猫面临绝境……"潘文石提出："坚决反对饲养野生大熊猫，那样做不但会破坏野生大熊猫的种群结构，而且可能导致它们不再繁殖。"他以亲自取得的实证，以第一手的科学数据和一个科学家的良知说出事实的真相，剑指一整条建立在肆意砍伐木材基础上的利益链。

有"好心人"劝他，有这些功夫，不如多写些论文更实惠。潘文石急了："情况十万火急，如果秦岭没有了森林，没有了大熊猫，发表了论文又有何用？科学家的良知不允许我说假话！"

"立即停止采伐，安排职工转产，建立新的自然保护区。"潘文石的建议被中央采纳。1994年5月，砍伐全线停止；1995年，国家投资5500多万元建立长青自然保护区，并引入世界银行477万美元贷款，保护了大熊猫在秦岭南坡的最后一片栖息地，大熊猫迎来了生的希望。

在秦岭，有一只被潘文石命名为"希望"的野生大熊猫。它小时候，潘爷常常把它举过肩膀，用脸紧贴它毛茸茸的小肚子，听一听它吃饱了没有，称一称它重了没有……

"1997年我回到秦岭，一天凌晨4点，一团黑乎乎的东西待在那里，我赶快进屋让隔壁房间的学生用无线电台'搜'一下是谁在我门外。是'希望'！它知道我回来了！"潘文石让"希望"进屋，给它水喝，给它东西吃，它都不要，就这么静静地在房间里待着。潘文石明白了："哦，'希望'怀孕了，要当妈妈了。"

如今,"希望"的后代正在保护区快乐地生活着,繁衍着。这不仅印证了潘文石在生态保护上的"执念",更印证了他对大熊猫的"野生观"。

"拯救了一片村庄,保护了一群叶猴"

午夜零点,位于山坳中的崇左研究基地一片沉寂。潘文石准时醒了,他钻出绿色鸭绒睡袋,目光炯炯。长年的野外科考生活,已经让他形成了两小时一醒的"节律"。

多年前,潘文石圆满完成了救助野生大熊猫的科考任务,59岁的他在家没待几天,就像一个小伙子一样,又深入广西西南部荒僻的弄官山中,开始了新的课题——白头叶猴研究保护。

县领导闻听潘文石在崇左科考,特地请他吃饭,饭后,他唯一的要求是"将所有的剩菜打包"。回来后,他与当地的一名农民向导分享。"真香!已经记不得有多久没吃过肉了。"向导十分高兴。

4天后,潘文石又请这名向导吃饭。可是向导说:"我不能再多吃有油水的东西了。""为什么?"潘文石很惊讶。这位朴实的农民不好意思地说,当地人长年吃薄粥,肠胃已经很难适应荤腥,那顿"好饭"让他拉了好几天肚子。

潘文石了解到,当地村民燃火做饭靠大量砍伐野生植物,发展经济靠放炮采石,挣钱糊口靠捕杀白头叶猴制造"乌猿酒"……已经陷入"贫困—开荒—偷猎"的恶性循环。

"如果老百姓的生活得不到改善,我研究白头叶猴又有什么意义?"数夜未眠,潘文石苦苦寻找答案。

一天,潘文石在村口贴出收购牛粪的告示,村民们争相拿牛粪来换钱。当大感不解的乡亲们看到臭烘烘的牛粪被制成沼气,可以照明做饭时，这项技术很快推广开来。

随后，潘文石又把自己获得的5万美元和10万元人民币奖金用于沼气推广。"沼气能代替木材为农民提供燃料，这样，农民就能放弃砍伐白头叶猴赖以生存的山林！"

十几年间，在潘文石的奔走呼吁下，当地政府先后投入1000万元，改善保护区环境。潘文石自己也拿出科研经费及各类奖金，加上海内外朋友及民间组织的支持，共募集资金300多万元，修水池，办学校，资助贫困学生上学，投资医疗设施……

一个早晨，3个农民把一只从偷猎者铁夹子上解救下来的白头叶猴送上门来，没要一分钱。看着死里逃生的叶猴，潘文石心头一热。

2014年春夏之际，潘文石因急性胰腺炎住院40多天。一直见不到潘爷，白头叶猴们似乎察觉到了什么。终于，潘爷回来了，白头叶猴们从深山丛林来到基地的二层小楼上，它们飞檐走壁，自窗而入。它们也不认生，有的一屁股坐在他的笔记本电脑上，有的直接跳进了他的浴缸里……潘文石乐得合不拢嘴，连声叫好。

经过20多年的努力，当地的白头叶猴总量已从1996年的96只增加到如今的800多只。对此，《纽约时报》报道："他拯救了一片村庄，保护了一群叶猴。"

潘文石是一个"纯野生"的科学家，他坚定地认为，人与自然可以和谐相处，大自然母亲会同时庇佑她的人类孩子和动物孩子。

"希望能为它们的生存尽一份力"

"我在海里沉下去又浮起来，拼命让自己仰着脸，就在这时，我踩到一块光滑的'石头'，可这大海里哪来的石头？"11岁时，潘文石在广东汕头下海游泳，因体力不支失去知觉。

不知过了多久，潘文石被人从岸边拽起来。他困惑地望着大海，两只海豚迎着他在浪中跳啊，跳啊。"是海豚救了我！"从此，潘文石和野生动物结下了情缘。

"我一辈子都为它们的善举所感动，并怀着报恩的心，希望能为它们的生存尽一份力。"潘文石满怀深情地说。

一次偶然的机会，潘文石了解到，有"海上大熊猫"美誉的"中华白海豚"正面临前所未有的生存危机，它们所在的广西钦州海域，距离崇左基地仅150公里。

又是几个不眠之夜，儿时的那两只海豚不时浮现在他的脑海。于是，"现代化工业化浪潮下中华白海豚的生存之路"纳入了潘文石的研究计划，位于钦州市最南端的三娘湾成为潘文石的"第二个家"。

10年间，潘文石带领课题组收集到超过18万张照片、上千段视频以及数千个GPS定位点，逐步弄清了北部湾白海豚的生存情况。

按照钦州市的规划，三娘湾地区被定为工业开发区。潘文石以科学家的执着、社会学家的情怀，在政府和百姓间不断奔走呼吁。他提出，"有能够激发人们智慧和灵感的中华白海豚，自由地巡游在蔚蓝的海面上，北部湾才能成为一个安全的海湾"。

令人欣慰的是，钦州市采纳了潘文石的建议，对工业开发区进行重新布局。如今，那片海一如往昔洁净，对海洋生态环境和水质极其敏感的中华白海豚从2004年的约98头增加到如今的200多头……

这些年，潘文石运用精神的感召力，几乎把全家人都带进了"野生状态"。他和爱人及一双女儿，都毕业于北京大学。大女儿潘岱领到人生第一笔颇为丰厚的报酬时说："有了这笔钱，我可以支持老爸伟大的大熊猫事业了。"用潘岱的话说，自己和妹妹潘岳是被爸爸放养的"大熊猫"。

"父亲更像大山，更像大海，他不常在身边，但又一直在那儿，就在那儿。"小女儿潘岳这样比喻。后来，潘岳也做出决定：放弃在互联网领域的工作，加入父亲的团队。

"他们是我科学研究的延续，也是我生命的延续。"多年来，一批批像潘岳一样的年轻人在潘文石的感召下，加入野外科考的队伍，在深山里追逐理想，放飞梦想。

这些年来，无意功名的潘文石也"无心插柳"地收获了不少大奖，有"全国五一劳动奖章"、世界野生生命基金会颁发的"鲍尔·盖提奖"，还有"影响世界华人大奖"……2022年11月，潘文石荣获中华人民共和国生态环境部"中国生态文明奖先进个人"。

作家梁晓声曾以《卑恭的敬意，写给潘文石和他的学生们》为题，表达对潘文石的敬意。梁晓声说："世界上，有些事情是极其热闹的，经常伴随着掌声和鲜花；有些事情的意义是可以直接用金钱来衡量的，于是愿意做的人趋之若鹜；而有些事情则注定是寂寞、艰苦的，远离热闹、掌声和鲜花的，是往往搭上大好的青春年华却无论做得多么出色，也少有人喝彩的……"

在参加《朗读者》节目时，潘文石将自己写的一篇野外日记献给所有热爱生命的朋友——"我们的祖先来自荒野，保存这个荒野，就是保存我们的未来。所有的荒野才是我们子孙后代生存下去的洞天福地。"

（摘自《读者》2023年第18期）

她倾尽所有给了山里女孩一个大世界

邢 星 魏 倩 程 路

张桂梅的名字和她的事迹传遍了大江南北。这位"奇迹校长"让1000多名女孩考上大学，走出大山。

女学生读着读着就不见了

那是大约20年前的一天，山路边坐着一个十三四岁的小姑娘，她手里拿着镰刀，身边放着一个破草筐，呆呆地望着另一座山头。张桂梅看见了，走过去问她："你怎么了？"女孩回答："我想读书，但是家里没钱，给我订婚了，收了彩礼要让我嫁人。"

怎么样才能救救这样的女孩子呢？这个难题久久萦绕在张桂梅心头。当时的张桂梅，已经是云南省丽江市华坪县出了名的好老师，兼任华坪县儿童福利院（华坪儿童之家）的院长，是数十名孤儿的"妈妈"。

当老师时，张桂梅发现"女学生读着读着就不见了"。她们不读书的理由多种多样：为了给弟弟交学费，姐姐被父母勒令退学回家干农活或外出打工；因为收了彩礼，十几岁的小姑娘也要准备嫁人了。

"培养一个女孩，最少可以影响三代人。如果能培养有文化、有责任的母亲，大山里的孩子就不会辍学，更不会成为孤儿。"一个现在看来依然有些"疯狂"的想法在张桂梅心中越来越清晰，她说，"我想为大山里的这些女孩建一所免费的高中！"

为了实现这个"疯狂"的梦想，她开始四处奔走筹款，风吹雨淋，被冷落，被唾骂，却只筹得一两万元。直到2007年，张桂梅当选为党的十七大代表，赴京参会期间，一篇名为《我有一个梦想》的报道让更多人理解了张桂梅的梦想。

2008年，在中央和各级政府以及社会爱心人士的支持下，华坪女子高级中学（简称"华坪女高"）正式挂牌成立。这是全国第一所全免费的女子高中。

华坪女高首届共招生100人。她们大都来自山区，多数没有达到普通高中录取分数线，还有一些孤儿、残疾学生、单亲家庭学生、父母残疾的学生和下岗职工子女。但只要是女孩，只要还想上学，华坪女高都向她们敞开怀抱。3年后，她们中有96人坚持到最后参加高考，全部考上了大学。自2011年有首届毕业生以来，学校综合排名连续10年位列丽江市一区四县榜首。

华坪女高的时间是以分钟计算的：早上5分钟洗漱完毕，10分钟早读到位，出操1分钟站好队，学生出入教学楼、去食堂、回宿舍几乎都是跑着的。

张桂梅比学生起得早,一个人摸黑爬四楼,把走廊的灯全部打开;学生跑步的时候,她就在队列边紧紧跟随;学生打扫校园时,她已经第一个来到校门口,拿着扫把和铲子等候。她还总是举着小喇叭喊:"快点儿,快点儿!别掉队!磨蹭什么?"

为什么要把学生在校时间安排得这么满、这么紧?张桂梅说:"必须用一个更大的世界、一种更广阔的精神,将女孩们的心灵充实起来。"

华坪女高学生普遍入学基础差,高中不仅要学新知识,还要补之前落下的课;更重要的是,必须让她们知道什么是文明,什么是先进,什么又是现代化。用3年时间完成这一切,不多付出一些、不严厉一些能行吗?

于是,张桂梅不得不变成"爱骂人的张校长"。10分钟早读到位,5分钟打扫校园,她用一个个严苛的要求,改变着这些女孩的生活习惯和生活态度。

但华坪女高的学习生活时间安排得再紧张,其他老师也从不占用音乐课,与一般高中相比,学生唱歌、跳舞的时间还要多很多。

每天上午10点,是华坪女高雷打不动的红色课间操时间。20分钟里,孩子们先集体背诵《七绝·为女民兵题照》,再唱一些革命歌曲,跳一些健身舞。2020年,张桂梅听说城里的孩子都在跳"鬼步舞",便让华坪女高的学生也学着跳:"'鬼步舞'有一个好处就是快,对她们有帮助,可以提精神。"

回忆起在华坪女高唱过的歌,华坪女高首届毕业生黄付燕说:"那时候日子是苦的,精神是满的。"

山里的女孩也能走进最好的学校。办学十几年来,华坪女高已经把上千名毕业生送进大学。她们之中有些是由厌学、贫困而造成的辍学生和落榜生;有些只因为自己是女孩,从出生到长大,爷爷奶奶都对她们爱搭不理。但如今，她们考入了四川大学、武汉大学、厦门大学、浙江大学等知名学府，她们读硕士、读博士，在各自的工作岗位上闪闪发光。

一个人真的可以做到"无私无我"吗

在华坪，张桂梅的"抠门"是出了名的。她吃得异常简单，很多时候一杯水就着一个饼就是一餐；穿着极为简朴，衣服常年就是那几件；办学也精打细算，教学楼的水闸只在学生用水的课间才开，没人使用的教室、办公室一定关着灯。

张桂梅的慷慨更出名。2003年，昆明市总工会捐给她两万元用于治病，她将这笔钱用到了学生身上；2006年，张桂梅获得云南省首届"兴滇人才"奖，刚刚从昆明领奖回来，她就把30万元奖金一次性全部捐给了华坪县丁王民族小学作为建教学楼之用；2007年，张桂梅当选为党的十七大代表，华坪县委给了她7000元置装费让她买一套像样的西服，她却用这笔钱给学校买了一台电脑。工作数十年，张桂梅名下几乎没有任何财产，她把工资、奖金和社会各界捐助她治病的100多万元都用于教育事业。

张桂梅在忘我工作的同时，还在忍受着常人无法承受的病痛：骨瘤、肺纤维化、小脑萎缩……被23种疾病缠身，数次病重入院治疗。2019年年初，张桂梅在住院期间，华坪县县领导赶来医院看她。醒来后，张桂梅拉着领导的手问："我的情况不太好，能不能让民政部门把丧葬费提前给我，我想把这笔钱用在孩子们身上。"

华坪女高让山区的这些女孩"进得来"，但如何"留得住"她们是张桂梅面临的一大难题。她提出用家访代替家长会，这样既可减轻贫困家庭和家长从山区往来学校的负担，又可以深入学生家庭了解问题，解决实际困难。

如果能够深深地、细细地了解下去，就会发现华坪女高一些表面上很难理解的教育细节背后其实自有深意——扶贫的路只有真正走下去，才知道什么是张桂梅所说的教育的因地制宜。

有一个学生的家在山顶上，仅有一条不到半米宽的山路相通，路的一边就是万丈悬崖，可这是学生每个周末、每次放假都要往返的路。张桂梅又心疼又生气地问学生："这么危险，你回去干什么？"女孩低着头淡淡地说："张老师，放假了我不回家上哪儿去啊？"

这句话让张桂梅难过了一个星期，她决定把周末两天假期改为每周日下午放半天假。外面的人都不理解，批评张桂梅搞应试教育，就连学校教师也不理解。张桂梅悄悄地做工作："我们的学生大都是山里的孩子，放了假她们不能待在学校里，她们只能回家，这样就会增加路途中的危险。如果只放半天假，孩子们出去逛一逛还可以回来，既省钱又确保了安全。"

家访路上，张桂梅给学生家里捐过钱、送过衣服、帮忙修路、建水窖、调解纠纷、发展产业；她迷过路、发过高烧、摔断过肋骨、旧病复发晕倒在路上，几乎每次家访完都要大病一场。说到底，这一切都是为了孩子，为了孩子的教育。

自2008年华坪女高成立以来，这条家访路张桂梅一走就是十几年，几乎覆盖全体学生，足迹遍布丽江市，行程近11万公里——这更是一个个教育扶贫的"最后一公里"。

"扶贫要扶志，要让贫困家庭的精神起来才行，有一种追求、一种希望。孩子能够真正唤起他们积极生活的希望。"张桂梅说。

华坪女高结对扶贫的家庭有6个。张桂梅去送扶贫款，有一家怎么都叫不开门。她看见旁边一个戴着红领巾的小男孩，是这家的孩子，就让他把附近同龄的孩子都叫过来。张桂梅领着几个孩子一起唱《我们是共产主义接班人》，"在那大山里，歌声飘出很远很远"。张桂梅对孩子的父母说："你们的儿子这么优秀，不但会唱歌，还会学习，你们怎么能整天躲在家里？快把钱拿着，好好地供儿子读书。"后来，这家人真的开始做事了，栽上了给他们的扶贫杧果苗，一年下来还挣了4万多块钱，因为他们看见希望了。

孩子是山里人的希望，教育也是一种希望。张桂梅说，教育扶贫比经济扶贫更彻底，更有力量。

"让山里的女孩能够通过读书走出大山，是摆脱贫困、改变命运最好的途径。女孩子受教育可以改变三代人，打破低素质母亲与低素质孩子之间的恶性循环。"张桂梅说，"实际上不只是三代人，还直接阻断了贫困代际传递，让山里人的命运从根本上得到改变。"

有人说我爱岗敬业，有人说我疯了

"有人说我爱岗敬业，有人说我疯了。一个重病的人，为什么有浑身的病却不死，比一个正常人还苦得起？因为我有追求和信念，有一种精神支撑着我，那就是共产党人的理想和信仰。"张桂梅的话掷地有声。

1996年8月，张桂梅从云南省大理市喜洲镇调入偏远的丽江市华坪县任教。当时，她的爱人因病去世不久，为了给丈夫治病，她花光了家里的积蓄。

可刚到华坪县一年，张桂梅又查出患有子宫肌瘤，需要立即住院治疗，为了不影响初三毕业班的教学进度，她带病上课，直到中考结束，才把患病的事告诉学校。张桂梅没想到，得知她生病后，学生和家长都送来了关心，华坪县妇联更发动全县为她捐款。

"这些真诚的关爱和无私的帮助，让我感受到人情的温暖，给我的生命注入了一股股巨大的暖流，使我热血沸腾，点燃了我活下去的愿望和信心。"张桂梅说。1998年4月，张桂梅光荣地加入中国共产党。

华坪女高办学之初，条件极其艰苦。不到半年，第一批进校的17名教职工走了9名，学校教学工作几近瘫痪。这所学校还能办下去吗？张桂梅在翻看教师资料时突然眼前一亮：留下的8名教师中6名是党员！

"只要党组织在，只要党员带头干，学校就不会垮！"张桂梅迅速把6名党员教师组织起来，建立党支部，重温入党誓词。大家眼里泛着泪，紧握右拳面向党旗保证：一定要把女子高中办好！一定要把大山里的女孩送入大学！

什么力量可以让人不断突破自我，实现超越？

张桂梅提出以"党建统领教学"，开创"五个一"党性常规活动，并一直坚持下来：全体党员一律佩戴党徽上班，每周重温一次入党誓词，每周唱一支革命歌曲，每周观看一部具有教育意义的影片并写观后感交流，每周组织一次理论学习。这些活动有效凝聚和壮大了教师队伍力量。

张桂梅一边嚷着"缺老师"，一边坚定地说："女子高中的底子已经打好了，将来接班人只要是党员，只要有这种忘我、无私的精神，那肯定比我干得好，共产党员肯定一代更比一代强。"

对学生，华坪女高也花大力气开展党性教育。张桂梅提出了"革命传统立校，红色文化育人"的教育理念。如今，一走进华坪女高的操场，远远地就会看见"共产党人顶天立地代代相传"这几个巨幅红字，在校园里随处可见长征精神、雷锋精神等革命传统宣传组画。

时代在变，这样的教育会不会过时了？

"唱国歌是什么状态，唱《英雄赞歌》是什么状态，它是提精神的，那是魂啊，学校要把这种'魂'立起来。"张桂梅说，"对学生进行红色教育很有必要，我们党的优良传统不能丢，艰苦奋斗、自力更生的精神不能丢，在学生心中埋下红色教育的种子很重要。我就是要为党培养合格的社会主义建设者和接班人，首先信仰要坚定，必须信仰共产主义，要记住为人民服务的宗旨，要对党忠诚。我希望女子高中的孩子就像星星之火，走出去之后，能呈现燎原之势。"

(摘自《读者·庆祝中国共产党成立100周年特刊》)

暴雨中的英雄

雷册渊

2021年7月20日下午，郑州突降暴雨。

李兰（化名）见天气不太好，就提前去幼儿园接外孙和外孙女。回家途中，车刚刚开到创业路、普惠路路口，及膝的水流就将车冲停在路中央，还熄了火。李兰尝试重新发动车子，几次都没成功，车门也无法打开。此时，大水已经淹到车门位置。李兰一边冷静地安抚车里的孩子，一边拨通了女儿杨晓杰（化名）的电话。

"那天雨那么大，我接到母亲的电话说车被困在路中间，已经进水了。作为一个母亲和女儿，我当时真有天塌地陷的感觉，哭都哭不出来。"杨晓杰回忆，"所有报警电话都占线，我必须冷静，才能救出我的母亲和孩子。"

杨晓杰让母亲告诉自己他们的确切位置，并且观察周围的情况，母亲在电话中一一报出周围店铺的名字：一家便利店、一家宾馆和一家面馆。杨晓杰通过搜索外卖和点评软件，最先找到了便利店老板卢联盟的电话。

当时卢联盟正在几公里外的另一个店铺排险，意识到情况紧急，他立刻拨通便利店旁边宾馆的电话，告诉宾馆里的人："门口路中间的车里有人，快去救人！"

正在宾馆大堂排险的安保部部长李坤朋接到了电话，他和刚满18岁的王志磊是最早冲出去救人的。慌乱中他们找不到工具，只抓了一把菜刀就冲进雨里。

此时，10多米宽的路面已经变成一片汪洋，大水上涨到身高1.83米的王志磊的胸口位置。李坤朋率先爬上车，他先拿菜刀在前风挡玻璃上敲了几下，发现敲不动，而且如果敲开前风挡玻璃，大水将迅速灌进车里，车里的孩子会有危险。他又迅速爬上车顶，试图敲开天窗，还是敲不破。

第三个向车靠近的是一个一头红色板寸的小伙，他是孩子们的街舞老师陈阳阳（化名）。原来，没有打通报警电话的杨晓杰，情急之下在微信朋友圈里发出求救信息，正在附近的陈阳阳看到后，脱了衣服，拽着树枝游了过去。后来杨晓杰才知道，那一路，陈阳阳的包、手机都丢了，"冒着生命危险游了好长一段"。

陈阳阳努力向车游去，另一个穿着黑色雨衣的人也在向车靠近，他递来一把锤子。然而锤子太小，李坤朋尝试了几次也没砸开天窗。此时，面馆老板李祥听到外面的求救声，来不及多想，拿上店里的大锤子冲了过去。

李祥很快游到车旁，爬上车顶，在汽车的后风挡玻璃上凿出一个小洞。穿黑色雨衣的男子一直趴在车边，透过这个小洞，安抚着车里的李兰和两个孩子,并向旁边的人不断呼喊,组织救援。

李祥脱掉上衣,转向汽车左后方的车窗猛砸了几下,车窗终于被破开。水里的陈阳阳将小男孩拖了出来,李祥和穿黑色雨衣的男子合力扯着孩子的上衣把他提到车顶。这时李祥才发现,自己的手在刚才砸玻璃时受了伤,鲜血正汩汩地往外涌。他甩了甩手,顾不上包扎。很快,小女孩也被救了出来,被抱到车顶上。

又密又大的雨点像碎石一样从天上砸下来,让人睁不开眼睛。王志磊冻得忍不住地颤抖,上下牙咯咯打架,李祥的伤口在流血,陈阳阳还泡在水里……而此时,更多的好心人向车游去。人们送来了一个蓝色大桶,怕孩子呛水,他们打算把孩子装进桶里再送到安全地带。

六七个大人在不大的车顶高高低低地站着,把两个孩子围在最中间,还有人为孩子撑起一把伞。在一旁帮忙并拍下视频的赵朋说:"这个画面,好像汪洋中的一座孤岛,而这座岛让人充满力量和希望。"

小男孩被装进桶里,由3个大人护送,到了安全地带。然后人们折返,小女孩也被成功地送了过去,护送她的有5个人。

等两个孩子都被救出去以后,李兰拿好车里的证件和包,又转身去为李祥找能够清理伤口的消毒巾,最后才从车里出来。有惊无险,一家人终于得救。

杨晓杰不敢想象,如果当时没有这些好心人的帮助,自己的家庭将会面临怎样的灭顶之灾。"这种心情无法用语言来形容,怎样的感谢都显得太轻了,我感激这些奋不顾身的救命恩人。"

杨晓杰回忆着这场无妄之灾,在庆幸家人平安的同时,也冷静复盘着得救的另一个关键因素——母亲的镇定和冷静。

杨晓杰说,这一点让她惊诧不已。"我母亲全程都非常淡定,当时我从电话里丝毫听不出她的慌乱，也听不出情况有多么危急。反而是她在告诉我，不要着急，没有问题。"

一场大雨，全城受灾。因为10多个热心人不顾个人安危地施救，保住了杨晓杰幸福美满的家庭，她深深感恩。"我母亲和孩子被救到安全地带以后，又遇到了许许多多的好心人。有一位上海大哥一直抱着孩子，给孩子温暖。还有许多好心人给他们送来食物和热水，真的让我们感受到人间有大爱。"

后来有记者去采访，几乎每一位参与救援的人都谦虚地告诉记者，救人的是大家，不仅是自己。记者也多次尝试联系杨晓杰提到的那位来自上海的好心大哥，他始终婉拒采访，只发来短短几行字："正常人都会选择这么做，我做的不值一提，还有很多人值得报道和关注。"

没有从天而降的英雄，只有挺身而出的凡人。谢谢暴雨中，义无反顾的你们。

（摘自《读者》2021年第18期）

《吾家吾国》中的"国之大家"

付子洋

从2021年9月第一季开播起,《吾家吾国》就聚焦"国之大家",并放弃宏大的叙事方式,以沉浸式的陪伴跟拍,一窥这些在各个领域做出杰出贡献的老人的人生。

1

时年101岁的陆元九,是"两弹一星"功勋人物,世界上第一个惯性导航领域的博士,也是"七一勋章"获得者。91岁的常沙娜是"敦煌守护神"常书鸿之女、林徽因的弟子。郑小瑛在中苏关系紧张的年代访苏进修,是第一位登上国外歌剧院指挥台的中国指挥家。中国比较文学的拓荒者、北京大学中文系教授乐黛云,中国探月工程首任总指挥、国家航天局原局长栾恩杰等"国之大家",也在节目中出现。

1945年,陆元九考取了赴美第一批公费留学生,远渡重洋。当时,太平洋水雷密布。他从重庆出发,经昆明,再绕道印度加尔各答,仅等船就耗时两个月,还在美国人的兵船上受到欺凌。陆元九说,那一代人从小便知道一句口号:"学好科学,救中国。"

当节目制作人、主持人王宁来到这些老人的家中,日常生活的细节渐次浮现。陆元九不吃蛋糕,汉堡只吃3/4。他还在书桌前,在一张小纸条上写下自己的"四不"原则:"不急、不恼、不懒、不馋"。

乐黛云先生的书柜里,有许多兔儿爷,还有小兔子毛绒玩偶。以前她频繁出国,每次回来,都会给丈夫汤一介先生带一只小兔子玩偶,因为他属兔。书柜里还有一只白色的毛绒小羊钥匙链,是汤先生送给乐先生的。

法语有一句话叫"C'est la vie(这就是生活)"。常沙娜说自己的一生很长,经历过种种喜怒哀乐。"你活得开心,是C'est la vie。你活得很悲伤,也是C'est la vie。这就是生活,就是生命。"

陆元九依然坚持自己洗澡,严格控制饮食,怕长胖——太胖就走不动路了。半年前玩过数独游戏,不久便放弃了,因为太简单。他每天看《读者》,偶尔还会回复后辈的来信,多数是关于专业问题的请教。对他来说,101岁的每一天都是奋斗。

2

在筹划《吾家吾国》的过程中,目睹一位位老人相继离去,节目组成员切身体会到生命时光不断流逝的紧迫感。"我们最早想拍的是袁隆平,都跟他商量好了，当时他要去医院做一个手术，做完手术出来就接受我们的采访，没想到这个约定变成了永别。"

第二位去世的老人是许渊冲。"我们当时谈好了，保健医生已做好准备，我们要带着许老一起去上海，因为这是他的一个心愿。还没过一个星期，老人突然就走了。"总导演沈公孚说。

许多困难是始料未及的。这些老先生没有任何媒体曝光的需求，"磕"下采访并不容易。"他们会问，你们来几个人啊？超过两个人他们就要崩溃了。"陆元九获得"七一勋章"时，一下子拥来30多家媒体。结果王宁在采访前一天收到消息，陆先生从床上摔下来了。

等老先生眼圈的淤青下去一些，其他媒体也都散了。他们在录制节目时做了灯光处理，陆先生戴着眼镜，旁人看不出受过伤，但王宁坐在他身边，还能看到他鼻梁上的伤痕。

无论这些老先生一开始表现出多大程度的拒绝、推托、排斥，可一旦答应了采访，他们就会格外重视，这件事会变成心里的一块石头。

第一次到乐黛云先生家拍摄时，王宁注意到一个细节。乐先生讲话时，一直将一只微微合拢的手搭在嘴边，几乎没有放下来过。王宁认为，这是因为紧张，而这种紧张缘于一种对公众说的每一句话都不能说错的谨慎。尤其在谈到和比较文学学科有关的问题时，乐先生会说，你去看我的哪本书、哪篇论文。"他们是绝对说真话、绝对坦率的。但他们心里也会有一些屏障，是我们无法触碰的。"

王宁直言制作《吾家吾国》是自己被"怼"得最狠的一次。但她恰恰认为，这是一种人物的弧光——代表了这些老先生性情中最本真的一面。陆元九有一个著名的金句："上天的东西，99分都算不及格。"他也会向王宁指出："你的资料错了。"这是顶尖科学家性格中的底色。

1996年，一次火箭发射失利，影响了之后10年中国航天的国际商业发射计划。作为惯性器件的负责人，时年76岁的陆元九，第一时间赶到西昌调查事故原因。3个月时间里，他很少睡觉，服用的安眠药剂量是平时的4倍。

《吾家吾国》每一期录制快结束时，节目组会请老人们写一句题词。落在纸上的话，很多人要认真想一想。令王宁印象深刻的是，当她问道"你觉得人最重要的价值，或者人生最重要的意义是什么"，陆元九几乎是毫不犹豫、没有任何斟酌地写下4个字："要说真话"。

王宁和常沙娜翻看旧相册时，发现她讲的一些故事，连她儿子都没听说过。有一张她抱着一个黑人小孩的照片——那是抗美援朝时期，在美求学的常沙娜一心想回国，为了攒钱买船票，她去了一个儿童慈善夏令营打工。当时，一个白人小女孩指着身旁的黑人小女孩问："她为什么那么黑？"常沙娜想了想，用树林里的蝴蝶举例——人就像大自然里的蝴蝶，有黑的，有白的，没有什么不同。

（摘自《读者》2023年第18期）

从清华杂役到抗日英烈

阎美红

清华大礼堂西侧水木清华"北山之阴"有一座清华英烈纪念碑。碑石高约2米，正面镶有"祖国儿女清华英烈"8个铜铸大字，背面镌刻着"在抗日战争和解放战争时期献身的清华英烈永垂不朽"字样及清华英烈的名字，我的祖父阎裕昌便是其中之一。

梅贻琦家中的一名杂役

阎裕昌，号锡五，1896年10月13日生于北平郊区，幼年读过几年私塾。他23岁时进入清华学校，在校长梅贻琦家做杂役。当年梅贻琦家中有一辆小轿车，那时的车需要充电后才能使用，很耽误时间。有一次，梅贻琦在给自己的汽车充电，阎裕昌站在一旁观看，把充电线路的接法记在心里，事后还画了一个草图。后来，梅贻琦无暇充电时，不等他吩咐，阎裕昌便把电池充满了，梅贻琦对此很高兴，认为他爱学肯干，有培养前途。

不久，梅贻琦见到叶企孙，说："我家有个杂役，人很聪明、好学，你若需要可借你用两个月，放在我家屈才了。"就这样，阎裕昌便到物理系，在叶企孙的领导下上班了。梅贻琦再见到叶企孙，问："阎裕昌怎样？自他走后，我家很乱，他若能回来才好。"叶企孙说："您再找人吧，阎裕昌太难得啦，我长期留用，不能归还。"

阎裕昌在叶企孙的帮助下进步很快。1928年，阎裕昌到物理系实验室工作，愈加努力钻研，对解决各实验室不同需要的直流供电线路问题做出了贡献，得到叶企孙的赏识，1931年被提升为实验员。

每上一堂课，阎裕昌都要在课前把仪器准备齐全，上课时配合教授所讲内容进行实验展示。他课上细心操作，课下认真准备，不断改进已有的仪器，筹划制作新的仪器。他听说北平城里某个银器作坊有位姓丁的老工人，做的银质小火车头很精致，用酒精作燃料还能运行，立即登门拜访，专门学习制作仪器设备供教学使用。他在京西蓝靛厂火器营访到一位能制造土火箭的人，也积极向系里推荐，得到系里同意后将其请进实验室，协助进行有关火箭的研究。大家都称赞：阎裕昌是一位难得的优秀实验员！

"一二·九"运动后，北平学生的抗日救亡情绪十分高涨，1936年成立了中华民族解放先锋队。当时先后担任清华大队长的是李昌和凌松如，物理系学生葛庭燧等人担任中队长，组织了外围群众团体"实用科学研究会"，很多清华学生都申请参加。

为了扩大影响，同学们决定举办一次民众招待会，向群众宣传科普知识和国防科学。这项倡议遭到学校一些人的反对，后来通过叶企孙的反复游说和担保，物理系才同意借出仪器，在清华同方部请熊大缜做关于太阳、空气和水的讲演，阎裕昌配合演示。当天晚上还放映了一部科普电影，他们在礼堂前面的草坪上临时搭了一个大架子挂上幕布，熊大缜和阎裕昌一起在大礼堂二楼的窗口向外放映，上千名清华人和校外老百姓席地而坐观看科普电影，受到一致好评。

护送"国宝镭"

1937年"七七"事变后，8月24日清华奉命南迁。为保护北平校产，"清华平校保管委员会"成立，阎裕昌是委员会的一员。他同美籍教授温德等人一起担起保护校产的重责。

阎裕昌长子阎魁元回忆，1937年某一天深夜，父亲把他和弟弟阎魁恒叫到院子里，让他们看一件宝贝。他说着拿出一个保温杯大小的铅罐，打开盖子后让两个儿子快速看了一眼，马上盖好放在一旁，回屋后问他们看见了什么？儿子答，没看太清楚，但有比萤火虫发出的光大一些的蓝光一闪一闪。他告诉儿子："这是镭，别处没有，不要乱说，要保密，而且这东西有害，不能多看，会伤身体。"

那天晚上，在孩子们都睡下之后，阎裕昌便把铅罐放在后院墙角处的废砖堆里，用碎砖头盖上。

阎裕昌将镭藏在家中，思来想去，觉得珍贵的镭必须尽快转移到更安全的地方去，便思考着如何将镭送到天津叶企孙处。

1937年10月的一天，天津英租界13号路戈登道19号，天津清华大学同学会小洋楼院内，走上十几级台阶，进到一楼右手第一间临街的会议室。会议室内，病愈后有些清瘦的叶企孙先生就住在这里。

清晨5点，一个衣衫褴褛，头顶破草帽，一手拄木棍，一手提着个瓦罐的乞丐出现在小楼前的台阶上。叶企孙的学生何水木正要打发他离开时，"乞丐"说："我从北平来，有要事要见叶先生。""你是何人？叫什么名字？""我叫阎裕昌。"叶先生一听说来人是阎裕昌，急忙迎了出来。"乞丐"快步走上台阶扔掉木棍，摘下破草帽，大声说："叶院长，我是阎裕昌啊！"叶先生上前，激动地说："阎裕昌，真的是你呀！让你受苦了，快快进楼里歇息。"

阎裕昌双手紧抱着瓦罐正要上楼，何水木说了声："那个破瓦罐，您就别往楼里拿了，我替您把它扔掉吧！"

阎裕昌一听，当即道："你懂什么！这个破瓦罐可是我拼着性命带来的！"

在一楼会客室里，阎裕昌双手捧着瓦罐递给叶企孙，同时自豪地说："叶院长，您交给我的任务，我完成了……我们清华实验室里的稀有金属镭就存放在这个瓦罐里。"

叶院长、熊大缜、何水木都感到震惊与兴奋，叶先生激动地说："阎裕昌，你为清华，也为国家做了一件大好事！你用性命运来的镭先原封不动藏到地下室去，我们再找机会派人带去昆明，交给梅校长。此事关系重大，就只有我们4个人知道，一定要严加保密！"

阎裕昌简单地向叶先生报告了一路假扮乞丐从北平到达天津的过程。当晚，叶先生做东，为他接风洗尘。而后，镭由叶企孙托美国教授华敦德携至南昌，华敦德因受到辐射而患风瘫，阎裕昌显然也受到了伤害。清华迁至昆明，召阎裕昌去那里工作，当他准备好行装正待动身之际，遇到了从冀中回来求援的汪德熙，他来寻求解决烈性炸药起爆难问题的方案。叶先生用信任的目光看着阎裕昌，然后便请阎裕昌随汪德熙到冀中走一趟。阎裕昌很激动，因为他很早就想到冀中根据地去。

偷运"肥皂"

1938年初春，阎裕昌经叶企孙教授的指引，走上革命道路。这期间，他改名门本中，意为：中国乃我中华民族之大地。北平沦陷后，叶企孙教授滞留天津，在清华天津临时办事处负责善后工作，协助清华师生及物资向西南转移。他不顾个人安危，与共产党地下工作者携手合作，资助清华学生和教职员，这批人有的秘密去了抗日根据地，有的在天津为冀中抗日游击队制造炸药、购买武器。阎裕昌便是他们中间最活跃的一位。他先是在天津帮助叶企孙办理清华师生南撤的事，之后参加了支援抗日游击队的秘密工作，到冀中后和清华物理系毕业生熊大缜一同工作。

熊大缜当时是冀中军区供给部长兼技术研究社社长，阎裕昌是技师，是技术研究社的主要负责人之一。他们和从北平、天津等城市去的大学生一起，克服物资短缺的困难，因陋就简，研究生产炸药，制造手榴弹、地雷等武器。

阎裕昌为了帮助清华大学、燕京大学等学校的人员来根据地参加抗日工作，经常穿越敌人封锁线，来往于北平、天津、保定之间。他常常把写有被访人姓名和地址的字条藏在家中不易被发现的地方，还再三叮嘱妻子对任何人都不要说出去。后来字条上的人在阎裕昌的联系帮助之下，去了抗日根据地。

吕正操撰写的《冀中回忆录》一书中记述了熊大缜、阎裕昌出生入死、无私奉献的事迹。那时冀中军区对他们的要求是：一是教会根据地做雷管；二是做烈性炸药；三是做地雷。他们首先在城市试制出炸药，装入木箱或纸箱子里，写上"肥皂"运到冀中。他们利用冀中遍地都有的硝酸盐制造火药，用铂丝制造电雷管，并进行了几次自制炸药的爆炸试验，效果很好。20斤炸药就把火车头炸坏了，40多斤炸药就能把火车头炸得粉碎。冀中军区组织了爆破队，在铁路工人的配合下，用自制的炸药对平汉铁路进行了爆破。

地雷战的奇迹

群众喜爱电影《地雷战》的主要原因是这部片子特别令观众扬眉吐气，而创造这个奇迹的英雄是阎裕昌、汪德熙、熊大缜以及指导他们的叶企孙。

1941年12月日本偷袭珍珠港后，美国对日宣战，我国华北战场进入最惨烈的阶段。1942年5月1日，日寇在冀中合围扫荡。李培刚回忆说："5月7日，阎裕昌带领部队把东西埋起来，制药厂东西多，一直到后半夜4点多，几乎搞了一夜才做完。"这时敌人已经包围了村子。5月8日，阎裕昌为掩护制药厂设备，不幸被日寇所俘，遭到严刑拷打，威逼利诱均被他严词拒绝。凶残的敌人最后用铁丝穿透他的锁骨游街让老百姓指认，老乡们都认识这位教他们做炸药、做地雷的门技师，但没有一个人出卖他。他一路高呼："日本鬼子一定失败，日本鬼子是中国人民的死敌！"日寇把阎裕昌抓走了，谁也不知道他受了多少残酷折磨。阎裕昌被俘后，部队马上给保定、北平、天津敌工部去信请求营救，但为时已晚！

当时阎裕昌的家人还以为他去了昆明，和他失去联系长达8年。1946年夏，晋察冀军区根据他的业绩和贡献，按照中国人民解放军营团级抗日牺牲将士追授"革命烈士"称号。

  阎裕昌的浩然风骨得到了方方面面的高度赞誉。吕正操在《冀中回忆录》一书中写道:"门本中（阎裕昌）是爆破队研究室的主要负责人，到根据地后有人叫他门技师，有人叫他工程师。门本中同志在敌人面前坚贞不屈，是中国爱国知识分子的一个典型人物。他为冀中区和晋察冀边区的军工生产贡献出了自己的一切。"他的功绩将与地雷战的威名一起流芳于世，他的事迹是千百万爱国知识分子投身抗日洪流的一个缩影。

（摘自《读者》2022 年第 20 期）

深藏功名 60 年

胡兆富/口述 孙 侃/整理

  1926 年，我出生在山东省济宁市泗水县仲家庄，上面有三个姐姐、一个哥哥，家里只有一亩三分坡地，连糊口都难。大姐早被送了人。为了给母亲治病，二姐又被卖到了邻村。

  我 5 岁那年，母亲没了。我就跟着哥哥和小姐姐，在周边村庄讨饭。到我 12 岁时，父亲也因病去世了。之后，比我大两岁的哥哥逃荒去了黑龙江，小姐姐也嫁人了。我为了谋一口饭，到村里地主家做小工。

  在当时的农村，小工除了不给主人家端尿盆，其他杂活都得干，还得伺候主人家雇的专干农活的大工和长工。北方人耕地、运输靠毛驴，毛驴是夜里吃草，所以每天晚上，我都得熬夜喂毛驴。天没亮透，我就得去水塘里挑水，至少要往返七八趟。天亮了，我又要牵着那头大黄牛出门，还得趁放牛的时间割草……那种辛苦说也说不完。

1941年前后，鲁南的抗日队伍离得不远，地下党在我们那儿越来越活跃。日本人常来烧杀抢掠，我堂姐全家就是被日本人杀死的。地下党的刘同志发动贫苦农民，成立了"农民抗日救国会"。我好几次跑去听，他说的道理我都能听懂。父亲在世时，曾挤出钱来送我去识文断字，直到父亲去世我才辍学，前后读了5年书。

为了打日本人，为了填饱肚子，我不再做小工，按照刘同志说的大致方向，我往南走了两天两夜，在平邑县找到了鲁南泰宁抗日游击队。那一年，我虚岁17岁。

卫生员的使命

游击队安排我担任卫生员。那时部队的卫校很简陋，老师也不固定，遇到打仗就搁下书本，跟着部队走。学的都是最基本的抢救技术，像外伤包扎、骨折整理、压迫止血、压力止血等，还有怎样打纱布绷带，怎样上夹板，怎样消炎。

看起来蛮简单，但在战场上，没有正确娴熟的救护技术是救不了伤员的。比如头部包扎，要包得像帽子一样结实，确保伤员的头怎么转，纱布都不会掉下来。你还要分清静脉和动脉，血液的大循环和小循环，要弄清创口在哪里，血是从哪里出来的。

他们说我悟性很高，在部队一年多，我就当上了救护班班长。之前我都是当助手，第一次独当一面在战场上救人，是在1947年的山东莱芜鲁南战役中。看到战友牺牲了、受伤了，涌上我心头的不是害怕，而是一定要冲上去，把战友救下来。一个卫生员最大的耻辱，就是把伤员丢在战场上。

1947年5月，孟良崮战役期间，我所在的部队不断有战友牺牲。我不停地救伤员，连喘息的时间都没有。突然有人大叫："快跑，飞机又来了！"我赶紧让担架员抬着重伤员撤退，自己背起一名腿被炸伤的战友。这时，一颗炸弹"嗖"地砸下来，指挥所当即就塌了。

我冲过去。指挥所被炸成这样，指导员肯定受伤了。但这时，敌人快冲上来了，战友们拉住我的胳膊，说指导员很可能已经牺牲，再往那儿冲，太危险。

我不肯，拼命推开战友们的手，匍匐着，朝指挥所的方向前进。泥土、碎石还在空中飞，砸在我的头上、身上，但我管不了这么多了。

"指导员，指导员！"我抱起倒在血泊中的指导员，不停地喊，想把他喊醒。真的，他闭上的眼睛，竟然睁开了，只是他再也说不出话来，只能一动不动地瞪着我。

他把剩下的力气全使了出来，才抬起右手，指了指自己身边的文件包。我顿时明白了。见我把文件包拿好，他的眼睛才又合上。

我咬着牙，一边把文件包和枪挂在身上，一边扶起指导员，仿佛他还能救活，一步一步向后撤。这时，敌人的炮火越发猛烈，这是步兵冲锋的前奏。怎么办？走了几步，前面就是山坡，我没有时间思考，干脆紧紧抱住指导员，两个人一起滚了下去。

在山坡下面，我把指导员的身体放平，才发现他已经没了呼吸和心跳，瞳孔已经放大，身体也凉了。我知道，我不可能把他背回去了。我匆匆用石块把他的遗体掩埋好，再插上一根树枝作为标志。等我直起腰，发现敌人已经把我围住了，他们站在山坡上方，可能还看到了挂在我身上的文件包……天有点黑了，我赶紧趴在地上，爬到山坡前方那条河边，不顾一切地跳了进去。河水有些冷，水流也很急，我顾不了那么多了，背着文件包拼命往前游。游得太急、太快，我的力气很快就耗光了。

最后我是被湍急的水流冲到对岸的。我跌跄前行，不敢停留，拼命往部队后撤的方向赶，花了一天时间才找到大部队，把文件包安全上交。听说里面有好几份文件特别要紧，绝不能落到敌人手里。因为这件事，我被授予二等功。

后来别人问我当时害不害怕，我说，哪有时间害怕。这文件包是指导员拿命换来的，我必须用命把它护住。

从没把自己当英雄

有时打仗打得凶了，卫生员也被迫成为一线指挥员。1948年解放洛阳的一场战斗，我所在的排里，排长、班长都牺牲了，部队没法推进，我成了战场上仅存的党支部委员。

战况紧急，我放下医药箱，一边让几名战士正面火力压制，一边让另外几名战士利用战壕掩护我绕到敌人后方，最后我们炸掉了敌人两个大地堡，抓获了10多名俘虏，还缴获了一支马枪、两支冲锋枪。

这回，我荣立特等功。

你问我一共参加过多少次战役，立过多少功？其实，在战场上，双方动用上万兵力的才叫战役，一般规模的只能叫战斗。我参加过抗日战争，解放战争中的孟良崮战役、中南战役、淮海战役、渡江战役、舟山战役等大小共46次战役，立过特等功2次、一等功7次、二等功8次、三等功5次，获得过"三级战斗英雄""华东三级人民英雄"称号，得过"渡江胜利纪念章""解放奖章"……我身上一共有4处大的伤痕，每一处都差点让我牺牲。第一次受伤是抗日战争时期在山东平邑香山口的反扫荡战斗中,我们把一小队日本兵都给消灭了。打得正激烈时,小日本的一颗子弹击中我的头部,打落我的一颗牙齿后,从后颈部穿出去,留下一个血窟窿。

我竟然没有倒下,仍在战场上跑来跑去救伤员。这种叫贯通伤,也幸亏小日本的子弹很尖,否则伤口只要再扩大几毫米,我就归天了。

1947年6月收复山东济宁,双方拉锯战打得很激烈。周围都是"嗖嗖"乱飞的子弹,我刚想把伤员扛上担架,一颗子弹就把我的一截手指头打飞了。随即,炮弹在我身边炸响,耳朵一下子听不见了。

但伤员都等着我去救呢,这点轻伤还不能让我下火线。我手指的根还在,但耳朵震聋了,后来也没有完全恢复。

1948年6月解放开封,那场仗可是厉害了。我所在的营负责从敌人的炮火包围圈里撕开一条口子,但敌人的炮火特别猛,一声巨响过后,何营长埋伏的那栋三层楼一下子被炸塌了,他牺牲的时候,手里还紧紧攥着枪。

那天,我疯了似的与战友们一起,徒手从废墟里扒伤员,一共救出11名伤员。那个时候,我的头部和胸部也被炮弹碎片击中了,头皮被掀掉,头骨被子弹击穿,凹陷了下去,全身上下都是血。可我顾不上自己了,只知道拼命扒,直到失血过多,晕倒在战场上。

那回,我昏迷了10多天,因为弹片取不出来,胸口开始化脓。战友们以为我要完了,没想到我居然醒了过来。休养几天后,我又上前线救伤员了。这回更奇,因为在战场上要不停地弯腰救治伤员,胸口那块弹片竟然被挤出了身体!我咬着牙,徒手把弹片从胸口拉出来,就这样捡回一条命。

我的命够大,这应该是一种巧合。在战场上,有那么多战友和我一样，把生死置之度外地往前冲，但很多人没能像我这样幸运。

我要特别说一说两位英雄，他们都牺牲了，我觉得他们才是真正的英雄。

一位是我前面说的何营长，解放开封那一仗时不幸被炸死的那位。他在战场上特别勇敢，这在部队是出了名的。那天，和上级命令一起下来的，还有何营长的副团长任命书。有人劝他这回不要冲在最前面了，他坚持说，等拿下开封后再上任。后来，我们抱着他的遗体不停地喊："营长，你快睁开眼睛，我们胜了啊，我们胜了啊！"

还有一位英雄，叫林茂成，是我们山东沂水人。从抗日战争到解放战争，他身经大小战斗80余次，个人毙（伤）敌百余名，俘敌200余名，指挥战士缴获的武器可以装备当时的一个师。1949年准备解放舟山时，他带着营连干部到大榭岛前沿阵地侦察，遭敌人机关枪扫射，中弹牺牲。太可惜了！这样出色的战斗英雄，在全军都是少见的。

这么多人前仆后继地英勇牺牲了，他们才是最值得被记功和赞扬的。我打了这么多年的仗还能活下来，我够满足了。经历过战争的人、在战场上浴血奋战过的人，对生命、对人生意义的理解，肯定与一般人不一样。我从来没有把自己当成英雄。那些比我英勇、功劳比我大、已经牺牲了的战友，他们就像一面镜子。只要拿他们照一照自己，我的那些战功和荣誉就不值一提。

救一个，再救一个

解放了舟山，打完四明山剿匪战，1950年我到南京空军司令部报到，先后在南京的大校场机场、衢州机场和宁波庄桥机场担任卫生员和军医。

组织上又让我去读书，我拿到了高中文凭。之后，我随部队转到吉林的一军区，其间又到重庆第七军医大学深造了两年。

1958年，按照军委部署，各部队实施人员裁减。作为一名共产党员，我主动报名了。

我更愿意做一名一线的医生。后来，我到了浙江金华。当时的金华专区包括现在的金华和衢州两市，地盘蛮大。毛主席发出了"一定要消灭血吸虫病"的号召，我得知常山县的血吸虫病闹得很厉害，就毫不犹豫地说："常山需要医生，那我就去那里。常山条件艰苦，那干脆全家人都去，互相有个照应！"那是在1963年年初。

顺便补一句。我是1952年结的婚，妻子是我山东老家的。去常山那年，我们已经有3个孩子，其中一个刚出生不久。我们全家5口人背着铺盖卷来到了常山。从此，我再也没换过地方。

常山的血吸虫病被成功消灭后，省里还发给我一本证书，这是我在地方上拿到的第一本荣誉证书。那些从部队带回来的军功章、奖章，我早就收起来、藏起来了，所以在常山，没人知道我立过战功，连知道我曾是军医的也很少，而这，正是我乐意的。

血防工作告一段落后，组织上有意让我担任县防疫站领导。我说，我更愿意去医院，当一名临床医生，因为这样离病人最近。后来，我就到了常山县人民医院，成了一名内科医生。

成为县人民医院的普通医生后，我每天要看150多名病人，但我知道，还有很多病人住在大山深处，没法来县城求医问药。我就徒步到距离县城40公里远的毛良坞，上门为当地人看病，遇到买不起药的农民，我就主动替他们付医药费。

1965年，毛主席提出"把医疗卫生工作的重点放到农村去"，我响应号召，加入医疗宣传队，到青石镇砚瓦山村、天井头村等地，做卫生预防工作，培养当地的赤脚医生。半夜有人突发急症，我二话不说，提着一盏马灯就出发。别人劝我天亮了再走，我笑道："以前打仗时，深更半夜在大山里急行军都是常事。而且打仗只有前进，哪有后退的？宁可自己牺牲，都不能往后退缩啊！"

"救一个，再救一个，不管到哪里，我都是一名医生。"我常用这句话来提醒自己，和以前在战场上救伤员时一个样。年纪大了后，只要能坐能站，我就坚持去上班。给病人看病时，脑部的旧伤时常发作，我就绑上冰袋止痛。我总觉得，救人一命、帮人摆脱病痛，这是天大的善事。

2018年3月，因为脑部的枪伤复发，我跌伤了腿脚，住进医院。外孙来看我时，喜滋滋地带来法院系统为他颁发的三等功奖章和优秀共产党员证书。我说："你不要有了一点荣誉就翘尾巴，要说立功，我立的功比你多得多。"我是为了激励他才这样说的。

外孙特别好奇，反复问我究竟立过什么功。我说："我特等功、一等功都立过，不过现在你不要问我的事情了，我只是希望你的工作能做得更出色。"

不要说外孙，连我的儿子女儿都不清楚我究竟立过哪些功。后来，我的"秘密"还是被县退役军人事务局挖掘到了，军功章从箱子底下翻出来，那么一大堆，连我妻子都吓了一跳。它们已被我藏了60多年。

今年我已经95岁了，经历了那么多战斗，我活了下来，还活得这么长。而我曾经的战友，如今在世的恐怕都很少了。现在，我的战功被大家翻了出来，我还得到了很多新的荣誉，可我还是要说，这些功劳不是我一个人的，是千千万万战友一起浴血奋战得来的，是属于那些牺牲了的战友们的！我更愿意把他们的故事讲出来，他们才是中国人永远不可忘记的英雄！

（摘自《读者》2021年第14期）

等候天鹅的人

格 子

2016年，一只从内蒙古乌梁素海飞来的疣鼻天鹅落在了没有完工的北京南海子公园二期，戴着F67颈标和太阳能充电定位器。显然，这是一只被用来研究的天鹅。此时它体力不足，迫降在湖面上，又被渔网缠住。老潘用棍子挑开渔网，天鹅重获自由，却根本飞不起来。

彼时已年届不惑的老潘拍摄过很多次天鹅，熟悉天鹅的习性。他拿来花生和玉米，放在天鹅附近。保护野生动物需要遵循自然规律，不能觅食后它会自行飞走，但投喂却可能让它不惧怕人类。老潘于心不忍，在犹豫中选择继续喂食。整整39天后，在北京湖面结冰之际，F67强行起飞。3天后，念鸟心切的老潘，终于在多方打探后等来了"影友"的消息，F67已安全抵达山东威海荣成市烟墩角的海湾。

烟墩角堪称老潘梦中的天鹅湖。1995年，那里飞来8只天鹅，当地几位农民选择用玉米粒投食。一年年过去，农民们投食并看护天鹅，最终烟墩角成为国家级自然保护区，每年迎来1万多只天鹅过冬。天鹅们似乎有记忆，年复一年翩跹而至。

此后的每一年，老潘都拍到了F67的身影。这只被用作研究的天鹅，像一个痴情的人年复一年地赶来相会。短短7年过去，在南海子过冬或是过春天的天鹅逐年递增，2022年已有400多只。

2022年3月中旬的一个雨天，我来到南海子公园。山桃正在打开花苞，柳条也已暗中变绿。湖边只有一顶蓝帐篷，老潘穿着厚实的绿色羽绒服，站立在帐篷前的三脚架边上。他大声对我说，已经在这里蹲守了整整两周，每天从早上5点到晚上7点寸步不离，早晚各撒下10公斤玉米。

湖中央有摄人心魄的美。远远望去，在100多只大雁和数之不清的水鸭中，天鹅傲然而立。即便见过很多次天鹅，我依然会为它修长、洁白的身姿震惊不已。天鹅每个动作都优雅至极，每当它们扇动翅膀，就会引来无数的快门声。

在这里蹲守拍摄的每个人都在静静地等待天鹅组成小规模队伍，从湖面起飞盘旋。但是这个下午，天鹅耐着性子，始终不曾起飞，倒是大雁忍不住三五成群地飞了几圈。

"这些大雁我成年养着，300多只了，就是要给天鹅安全感，它们看到湖里有大雁，就知道这里能降落。"老潘颇为得意。

说话间，冲突便爆发了。对岸有一对夫妻走到岸边，试图看清天鹅模样。我站在高台下，猝不及防地听到一声叫喊："对岸的两口子，不要惊了天鹅，赶紧离开……"

天鹅的胆子的确很小。湖边风波过去后，它们忽然集中游向了湖心。

我望向老潘，他望向天空，一只风筝正缓缓升高。我又听到一声急吼："保安，保安，那边有人放风筝，马上去处理一下！"

每天，老潘都在微信群、朋友圈里发布有关天鹅的讯息。他想让更多人参与进来，让"保护天鹅"这艘船上站满同行者。

"前天我吸引来 500 多个'单反大爷'。这片都架满了！"

"最怕小孩放风筝。天鹅一看到风筝，以为是老鹰来了，能不怕吗？"

他正跟我闲聊，天空中一只黑色大鸟俯冲而至——老鹰真的来了。老潘认出这是一只黑鸢，与天鹅一样，是国家二级保护动物。它于万军丛中抓了一条鱼后扬长而去，吓得天鹅飞向湖中心，与大雁伸长脖子聚成一团。

整个下午，老潘都在扯着嗓子劝告游人离开岸边，显然，任何警告标志或者警戒线，都挡不住人们的好奇心。几个摄影爱好者对我感慨，这里是北京难得的拍摄地。

第二天，我又来到湖边。老潘无暇同我打招呼，他身边已经围了十几个孩子和家长。有个家长与老潘相识，专门组织了一个小队伍来请他上课。

"你家是哪儿的？"老潘问一位女士。

"重庆的。"

"那你如果从北京开车回重庆，中间要加油吗？去服务区吃饭吗？如果发现一个服务区免费加油、免费吃饭，而且干净、卫生，下次回家你还去吗？"

孩子们哄堂大笑。

老潘把南海子比作天鹅从山东半岛飞回西伯利亚途经的服务区，源自多年前的问题：到底该不该投喂天鹅？纠结良久，老潘最终选择请教有

35年天鹅保护经验的烟墩角人曲荣锦，他是当地最早的保护者之一。

"会不会因为我的投喂影响到天鹅的迁徙？"老潘问。

"不会！我们这儿当年只有8只天鹅，慢慢地变多，现在达到1.2万只，它们并没有因为我们的投喂就不迁徙了，只要到了第二年3月，必定会走。其实天鹅的食量很大，我们投喂的不及它食量的十分之一，但这种方式加强了天鹅与人之间的感情，它会永远记得这个地方的。"曲荣锦说。

就这样，老潘坚定了信心，在南海子迎送飞去飞回的天鹅。

天鹅课堂持续了一个多小时。这群七八岁的孩子，眼中闪烁着光芒，提出一个又一个问题。老潘一一解答。"天鹅起飞、降落跟飞机一样，都需要一条跑道，所以它得在宽广的水面上才会降落""天鹅需要迎风起飞，迎风降落""天鹅向北飞到西伯利亚是因为它们在那里出生，也几乎只在那里产卵孵化，疣鼻天鹅从没有在中国境内成功孵化的记录"……

即便在北京，老潘要面对的也不只是好奇的人群。有人下鸟夹子，有人试图用弹弓打天鹅，甚至一群野狗都打起了天鹅的主意。老潘几年如一日，在天鹅来临的日子围着这片湖转圈，制止每一个图谋不轨的人。对这位摄影师来说，拍照不再是重要的事。他每天吸引数百名摄影师前来，自己则专心从事天鹅的保护工作。

"我的梦想，"在日记里，老潘豪气地写道，"就是打造一个北京的天鹅湖。"

（摘自《读者》2023年第4期）

廖宁：不仅仅是治愈

胡雯雯

1550 例。这是廖宁医生过去一年处理过的乳腺癌手术病例总数。

密集的日程表

作为广东省人民医院乳腺科的主任医师、博士生导师，同时还担任美国肿瘤外科协会（SSO）国际委员会理事、美国NCCN乳腺癌指南（中文版）专家组成员等职务，廖宁的日程表密得让人难以想象：

除了周一至周三出门诊，周四、周五全天手术，她每周三还要主持长达两小时的《周三见》全球专家线上会诊直播，周四则是《廖宁教授知识速递》和《寻找基层良医》直播。此外她还担任制片人，周末要去外地参与《寻找基层良医》纪录片的摄制。而根据她的助理的说法，廖宁医生的诊室，最多时一天曾开过180个号。"没办法，想挂她的号的患者太多了，只能不停地加。"

许多患者评价廖宁医生"医术高明、技术过硬，而且说话态度和蔼可亲，非常温柔"。但在网上搜索"廖宁医生"，也能发现另一些埋怨的声音："明明挂的是8点的号，结果等了4个小时才见到人。""挂她的号就是想多听听专家意见，结果只聊了几句就把我打发了。"

"确实有这种问题，"当记者提起这些，廖宁无奈地点点头，"中国目前对乳腺癌还没有一个筛查机制，最棘手的恶性病例会送到我们这儿来，而有些轻症患者也会专门来挂我的号。"

除了门诊室，在保健组、B超室等地方，也总有一批批患者等着廖宁会诊，所以她几乎每天都在连轴转。因此，当廖宁在2019年年末提出，要每周进行一次直播，汇集全球顶级专家在线为患者会诊时，同事们的反应都是不可置信。

但廖宁执意要做。精准个性化治疗是国际趋势，廖宁想搭建一个平台，由她提供病例，召集相关领域的国际顶级专家一起在线会诊。曾有位29岁的女孩，确诊为乳腺癌后病情发展很快，全身出现了多个转移肿瘤病灶，浑身疼得只能坐轮椅。她此前在其他医院经过化疗、放疗、靶向治疗等多种治疗，但都收效甚微。通过基因检测，廖宁判断该患者有一种罕见的基因突变，于是立刻从国外引入了更适合她的治疗方案。结果，女孩一周不到就能够下地了。如今，她已经可以在全国各地游玩了。

现在，《周三见》开播已经有大半年，许多患者和医生将基因检测报告寄给廖宁，由她筛选并发给所有参会教授。《周三见》作为医疗界一项创新的会诊形式，效果也大受好评。

力求完美的处女座

同事们几乎都不记得，廖宁上一次谈论休闲娱乐是什么时候。她似乎从不唱歌、逛街、旅游，只是偶尔打打网球。作为一名处女座医生，廖宁最欣赏的就是跟自己一样做事利索、反应敏捷、力求完美的人。

她从不在做手术时放音乐，也不允许医生们闲谈。她说，病人是很痛苦的，不要嬉皮笑脸，要严肃对待这件事情。

"如果可以拥有一种超能力，你最想要什么？"当记者这样问时，廖宁想了想，说："可能是时光倒流吧。""啊？不应该是冻结时间吗？这样你就能做更多的事情。""不是。我经常想，我走过的路，如果可以重新走一遍的话，我会做得更好。"

凤毛麟角的女外科医生

廖宁的母亲是教师，父亲是泌尿科医生，外公和叔叔也都是医生。她常常想起那个遥远的午后，6岁的她扒在门缝上，偷看人生第一场外科手术的情景。手术室里主刀的人是父亲，他穿着白大褂、俯身认真做手术的样子，在廖宁看来简直太酷了。"那时候一点都不觉得血腥，也不害怕。也许从那一刻开始，我就确定自己未来要成为一名外科医生。"

廖宁当初深造完回国时，广东省人民医院还没有乳腺科。院长划了40个床位给她，又指着廖宁对护士长说："这是你们的科主任。"当时，廖宁和护士长看着那空空荡荡的一片床位，面面相觑。

一个个病人收治进来，再招来一个个医生，慢慢地，乳腺科终于打造成了今天总院加分院3个科室、100多个床位的规模。

不少人以为，像乳腺癌这种科室，医生应该是女性居多，但事实正相反，女外科医生可谓凤毛麟角。在相当长一段时间内，廖宁都是院里400多名外科医生中唯一的女性。

为什么女外科医生这么少？

一个原因可能是体力。一天连续做几十台手术时，是没有整段休息时间的，只能趁两台手术的间隙，在空手术床上躺一下。而做手术考验的还有脑力，每一个病例都是独特的，没有一台手术可以复制。医生术前要和患者长时间沟通，在脑中预演各种突发情况，和团队一起讨论方案。有时，助理医生深夜两点多还会接到廖宁的电话，那是她半夜突然想到一个更好的手术方案，要立刻找人讨论一下。

另一个原因，廖宁认为是家庭。如今儿子已经上大学，廖宁可以全身心扑在工作上。她无奈地说："女孩子一开始做外科医生，好像很威风，但当你跟男医生拼体力、拼智慧、拼科研时，没有人会跟你客气。"

尽管如此，她还是尽可能地多收女学生，因为，面对一位乳腺癌患者，除了治愈她的身体，也要治愈她的心理，要帮她尽可能回到正常的生活轨道上来。而这，需要女医生特有的敏感和同理心。

不仅仅是治愈身体

女性在生活中所承受的压力，廖宁敏锐地捕捉到了。她经常对团队说的话是：要为病人以后的生活质量做打算。

她在十几年前曾收治了一位患者，那是一位40岁的孕妇，被诊断出患有乳腺癌时，胎儿已经几个月大了，是好不容易才怀上的。当时所有医生都劝她放弃孩子，以免因为无法化疗而延误病情，但廖宁跟她长谈之后，决定帮她保胎。

"当时跟我讨论的医生全都反对，但我还是采用了最安全的方法，一直帮她保到胎儿降生，然后迅速为她做化疗、放疗。"促使廖宁采用这种大胆疗法的原因是："如果失去胎儿，哪怕她没有因为乳腺癌而死亡，她也很难再生育了，老公还是单传，很可能会离婚再找。那她活在这个世界上，回想起曾经有过的家庭，还会觉得幸福吗？"

一个又一个乳腺癌患者，让廖宁看到过太多大难临头各自飞的夫妻。她不相信世界上有多么美好的爱情，她只是理性地为患者争取最大的希望。"那是个男孩，现在已经在读初中，聪明帅气。他对天空非常感兴趣，梦想以后能成为天文学家。"谈起那个被保下来的婴儿时，廖宁眼里顿时充满了笑意。十几年过去了，他妈妈的病一直没有复发，一家三口过得很安稳。逢年过节，这位患者总会过来看望廖宁，拉着孩子，让他叫干妈。"如果当时，我们将这个孩子从世界上抹杀掉了，也许就毁掉了一个美满的家庭。"

制片人的新身份

如今，廖宁在医生的身份之外，又多了一个：制片人。每到周末，她都会去偏远的城镇、乡村寻找基层的医生和患者，拍摄纪录片《寻找基层良医》，并作为主持人出镜。

"你已经够忙了，为什么还要做这些事？"廖宁没有直接回答，而是从手机上翻出一个患者家属发来的信息："你看，她刚刚转发了一篇文章给我，问里面提到的新药能否找来给女儿试一下，因为女儿的癌细胞已经转移了。"

然而，那篇文章的发表时间是 2017 年，那个药至今也没有被美国食品药品监督管理局（FDA）批准，这就说明临床实验多半没有取得好的效果。"患者在国内搜索到的信息，大部分是旧的甚至是错的，而我每天能接触到国内外最前沿的信息，急需一个渠道传播给她们及缺乏学习机会的基层医生们。"

于是她先做了《廖宁教授知识速递》的直播节目，每次讲解十几篇科研文章，介绍关于肿瘤的最新研究和新药。"我很努力地讲了课，但大家学得怎么样呢？需要家访一下，这样就又有了《寻找基层良医》。"

在我国，乳腺癌是女性发病率最高的恶性肿瘤，每年新发的病例数超过 30 万，她们大部分靠基层医生救治。"许多三四线城市的、县里的、乡村卫生所的医生，每天做着繁重而烦琐的工作，却没有人留意到他们的贡献，我们应该给予他们一些肯定和关注。"

廖宁一直觉得自己是一名非常平凡的医生。然而在连续两届当选广东省妇联代表、2020 年又被评为广东省"三八红旗手"之后，她觉得应该用自己的力量做些什么。

与她同组的另一位妇联代表来自法律界，个子瘦小却精力充沛。她发起了一个反家暴运动，为无助妇女提供免费的法律服务。这让廖宁印象深刻：原来我们可以为妇女做更多工作。"当看到那么多患者没有机会得到精准治疗时，我很痛心。我觉得我有责任，通过尽可能多的平台，将我的知识传递出去。"廖宁说。

在周围人看来，廖宁总是风风火火，充满了正能量，但她觉得这只是在努力对抗生活。"有一天早上我醒来，打开手机，收到的第一条信息是一张照片：曾经的一位患者躺在美国的病床上，遗体被鲜花环绕着。"那是个晚期病人，在廖宁的鼓励下出国参加新药试验，病情也确实好转过一阵，可惜最终还是等来了她姐姐发来的这张照片。

"那本来是个阳光灿烂的日子，微信那头是你本来很熟悉的人，然而，她已经被死亡带走了，但你还得打起精神去上班。你明白那种感觉吗？"

在廖宁的微信里，有一个又一个这样的患者。她们中有些可能再也不会上线，有些则会不时发来令人或焦虑或欣喜的信息。

微信那头传来的，也有正能量。廖宁常常想起另一个家庭：夫妻俩都是企业高管，妻子刚刚高龄产子，才发现已是乳腺癌四期，全身转移。妻子唯一的请求就是，无论花费多少，尽可能让她多生存一段时间，陪陪孩子。"所以我们一直在想办法，一有新药就让她去试，一直坚持了6年，直到最后一次，大家意识到不行了。化疗之后，她还是很快去世了。"

在患者去世一段时间后，廖宁收到那位丈夫写来的一封长信。在信中，他感谢医生为妻子争取了6年时间："能让我们一家三口一起度过这段时光，我们没有任何遗憾，感谢您！"

"我觉得，在妻子去世以后，他还能写封信来感谢医生，这说明我们一定是做对了什么……"

（摘自《读者》2021年第2期）

成为一个普普通通的救火骑士

明前茶

第三趟从缙云山火场上下来,小腿靠踝骨的地方,已经被摩托车灼热的排气管燎掉了汗毛,火辣辣地疼。回到物资补给站,小张顾不上洗脸,立刻就问补给站的阿姨有没有烫伤药。阿姨迅速蹲下,看了看小张小腿上的伤情,说:"等着,我赶紧去给你拿冰块,你冷敷几分钟,我再帮你用碘酒消毒。小伙子,你得换条长裤,不能穿这样的中裤。"

正好,阿姨的老公开来了自家的挖掘机,打算去火场上开隔离带。打量小张的个头与自家老伴差不离,阿姨立刻拿出老伴的一条迷彩长裤,让小张换上。补给站的阿姨就像这些小伙的亲妈一样,盯着每一个下山的摩托骑士,敦促他们喝生理盐水,服用藿香正气丸,或者喝点败火的凉茶。

歇了不到5分钟,凉飕飕的碘酒涂上小腿,小张便赶紧背起背篓。背篓里放了一桶20公斤的柴油，摩托车后座上再紧绑一个装盒饭的泡沫箱，他又要上山了。山上的灭火器械正"嗷嗷待哺"，等着这些柴油，而疲累的消防队员也该吃晚饭了。小张飞驰在进山的公路上，忽听有人在路边齐齐高喊："辛苦了！好样的！""重庆娃儿雄起！"

小张一时间百感交集。他迷上越野摩托后，经常深夜与同龄伙伴去人迹罕至的山路飙车。重庆山高坡陡，越野摩托的轮子特别宽，马力特别大，才能爬坡上坎，飙出速度，而这样一来，噪声也就特别大。

通常，小张飙完车回家都凌晨两三点钟了。他蹑手蹑脚想潜回卧室，每次都不能得逞。客厅里的电灯忽然亮起，父亲黑着一张脸，爆出炸雷般的一声吼："你还知道回来！你晓得不，崽儿出去飙车，我跟你娘的心就像被绳子拴着，在沸水里烫了一回又一回。"

小张虚弱地辩解："人还能没个爱好？我爱飙车，就像你爱钓鱼一样，违犯了哪条法律？"

父亲气急："飙车危险，还是钓鱼危险？下次我再悬着心等你回家，老汉我把姓倒过来写。"

小张从这霹雳般的牢骚中，洞见老爹的忧心。他还是有点儿感动的，便垂头保证，他和小伙伴会注意安全，并不会像电影中那样，从高台阶上跌下来。父亲从鼻孔里哼了一声，意思是：你们这些崽儿就知道找刺激，我信你个鬼！

这次上山救火，小张提前跟父亲电话报备。他原以为父亲会阻止他，谁晓得父亲立刻爽快地推了他一把："你快去嘛！每个崽儿心头都有一个英雄梦，养车千日用车一时，你此时不去，还等何时？"

小张又一次上了山，此时火势更盛，远远望去，山头上，两条蜿蜒的火龙头尾几乎咬合了，空气里充满了焦烟味，小张在半山腰的缓坡上停住，旁边一冲而上的骑士冲他大喊："上坡后车头向右，别摔了！"骑士喉咙嘶哑，整个背像蓄势待发的豹子一样拱起，明知他看不见，小张还是朝他扬起手臂，比了个赞。稍微定了定神，小张也轰响油门，朝那快60度的高坡疾驶，在冲出去的刹那，他记起了与伙伴飙车时琢磨出的一些技术要领，这会儿，它们一一在心头跳荡。

一个多月没下过雨的山路，在摩托车轮下迸射出阵阵烟尘，加上发动机散发的热气，小张觉得自己瞬间像被一个火球包围，汗水顺着眉毛与发鬓流下，混合着扑面的烟尘，哪怕戴着头盔，整个人也立时成了大花脸。

到了救火前线，卸下柴油和盒饭，小张领受了新任务：将一名消防战士送下山去轮休。战士已经与大火鏖战了10多个小时，两眼充血，满脸乌黑，只有牙是白的，一坐上摩托车后座，头往小张肩头一靠，就要睡去。小张忙拍他的肩膀："兄弟，咱到山下再睡，好不好？下山有五六十度的陡坡，摔了的人不计其数，你睡着了，万一摔下去可就危险了。"战士说："瞌睡与咳嗽一样忍不住哇。"小张赶紧说："来唱歌，咱一路唱下去，唱了就不困了。"没等战士开口，他就竭力吼唱起来："人生不是一个人的游戏，一起奋斗一起超越……管他天赋够不够，我们都还需要再努力……"

好不容易将战士平安驮回补给站，放松下来，小张才发现战士稚气未脱，看上去不过20岁。站上的阿姨、大嫂赶紧跑过来，替瞌睡的战士洗脸洗手，发觉他双手都有灼伤的痕迹，又忙着给他上药膏。

小张又上山了，第5趟，他送了消防水带上山，山上水源不够，火势太猛，消防员临时在离火场不远处挖了水池，要把水引过去，需要很多卷沉重的消防水带；第6趟，小张运送了三大箱矿泉水，背包里还装着藿香正气丸；第7趟，小张运送了新的灭火器上山；第8趟，他又运送了打隔离带要用的油锯；第9趟，他要把短暂休息后再次请战的消防员送上山……送到第12趟，回山下吃饭补水时，小张发现大拇指在不受控制地发抖，这是他长达数小时在陡峭山路上用大拇指按压刹车留下的肌肉记忆。他正用另一只手使劲按摩着右手大拇指，只听背后传来熟悉的一声吼："可算找到我家崽儿了，都找好几个钟头了。你怎么换了一副模样，走时没穿迷彩裤啊。"

蓦然回头，竟是父亲，他正拿着一罐烧伤敷料，给山上下来的人处理伤口。见小张取下头盔，他一声惊呼。

小张这才知道，他走得匆忙，一到目的地就开始干活，并没有告诉家人他到底在哪个物资补给站当志愿者。父母时刻关注着火场新闻，越看越不放心，父亲便骑上电动车，去附近的各个补给站帮忙，顺便寻找儿子。

这会儿，父亲将手中东西"咣"地一放，激动地抹起了眼泪。小张也被震动了，在他的记忆中，父亲从来没有在儿子面前流露过儿女情长，他总是像一座铁塔或者一座缄默的山一样，开口便是风雨雷电，从来对小张都是有点看不惯的。小张赶紧岔开话头对父亲说："你跟我妈偷着商议，说要找个厉害点的媳妇管住我，当我不知道哩。今日一看，我不用媳妇管了吧。"父亲抹去眼泪，笑着在他肩头捶了一拳："你妈叫我拿来两个大西瓜，你快吃两片败个火。山上急着打隔离带，油锯子都使坏了好多个，马上要运修理用的零件和工具上去。等大火灭了，爹请你喝庆功酒。"

见儿子的T恤上全是汗水留下的盐渍痕迹，看着都磨皮肤，父亲马上把自己的T恤脱下来，不容分说跟儿子换衣服。小张也来不及说什么感激的话，他只是再次背上背篓，拉紧了后座上拴物资的绳索。

当他又一次轰响油门冲出去时，他从后视镜里看到父亲缓缓地朝他离开的方向敬了一个礼。小张心头一热，这是父亲退伍以来少有的标准式敬礼；这是他24年来，第一次受到父亲这么直截了当的肯定，父亲把他当战友、当大人了！一个普普通通的儿子，一个普普通通的救火骑士，就这样成了父亲的骄傲。

（摘自《读者》2022年第22期）

坚守战地

一 条

2011年，我27岁，作为《人民日报》的驻外记者，我开始了在中东的生活，一待就是3年。其间，我每天与自杀式炸弹、恐怖袭击擦身而过，记录了变幻莫测的政治局面和战火中的日常。

温 情

战争状态下，整个社会的运转是无效的，每天都会发生各种恶性事件，让人觉得非常煎熬。没有法律保护你，唯一能保护你的，就是你对人性的判断，以及他人的道德标准和行为底线。

因为没有安全感，人们的情绪变得不可控制。但日子还要继续，虽然草木皆兵，他们依然努力生活着。

我在利比亚时，接触过一个来自浙江的家庭。当时，整座城市只有他们还在做中餐、送外卖。我点了一份炒米线和红烧牛尾，没想到，送外卖时来了3个人——饭店老板娘带着两个十几岁的孩子。她说："我带着他们俩是怕出意外。你们也注意安全，如果要走，给我来个电话。"虽然只有短短一两分钟的交流，但在异乡见到同胞，还是很温暖的。

我还见证了一场特殊的婚礼，那是2012年，在叙利亚的大马士革老城。整座城市都空了，出门能不能活命全靠运气。每天射进城里的迫击炮弹少则十几枚，多则上百枚。

一天晚上，突然停电，我经过一个漆黑的巷子，发现里面人头攒动。我走进去才发现，这儿正在举行一场婚礼。

在场的宾客有近百人，大家穿着晚礼服在拥挤的餐桌间跳舞。新郎和新娘一周前被落在停车场的一枚迫击炮弹炸伤，身体还没有恢复，也拖着受伤的身体在跳舞。婚礼上播放着赞美叙利亚的歌曲，宾客在祝福新婚夫妇的同时，也祈祷叙利亚能在战争中挺过来。

以往，叙利亚人办婚礼都要去郊区，有上千人参加，不狂欢到凌晨三四点不会结束。今天这场婚礼算是"精简"版的，并且考虑到安全问题，必须在夜里12点左右结束。

在婚礼上，我跟一个叫卢比的姑娘聊天。她说她的未婚夫为躲避兵役出逃黎巴嫩了，但她坚持留守叙利亚。战争阴云下，生离死别前，每个人都有自己的选择。

在大马士革，我感觉"空袭"就像"下雨"一样，成为一种生活常态。人们在死亡的笼罩下，大概只有淡忘死亡才能找到一丝快乐。

撤　侨

大部分中国人对"撤侨"二字都很熟悉，只要国外有战乱冲突，我们国家一定会在第一时间安排撤侨。

2011年，我在埃及。因为利比亚内乱，有大批民众从利比亚拥向埃及，其中就包括3.6万名中国人。我接到报道任务后，就坐车前往利比亚和埃及的边界。

车子沿着山路一路开去，不时能看到一辆辆车顶捆满被褥与行李的小皮卡经过，应该是逃难的难民。路边布满铁丝网，可以看到联合国各个机构的旗帜和成片的帐篷。惊魂未定的人们四处张望，还有人试图拦下我们的车。

中国大使馆的工作人员比我们更早抵达边境。他们在一个小旅馆里给中国公民办手续，那一批中国人大概有300人。这些人因为是劳务派遣，逃难时护照都不在身上。使馆人员与利比亚海关交涉，以确保他们能在这种情况下顺利通关。

中国的影响力在这时候体现出来了——中国公民没有受到任何阻拦，其他国家的难民，却无法获准入关。

中国租用的大巴停在边境上。凌晨1点，当工人们走出关口，看到中国国旗和车辆，很多人泣不成声。

25辆大巴上，每个座位上都放着矿泉水和饼干。凌晨2点，撤出人员均已上车就位。大巴连夜驶向繁华的开罗。汽车开动时，所有人都不由自主地鼓起掌来。抵达开罗已经是第二天下午，人们被安排在金字塔下的一家五星级酒店。第三天，他们坐上了返回中国的包机。

一个多月后，当我再次驱车到口岸采访时，发现仍有1.2万人滞留边境。许多来自非洲的难民，除随身衣物和被褥外一无所有，他们用被子在地上打地铺，很多人已经在口岸等待了很多天。

有些人知道了我的记者身份后，开始向我诉说他们的经历。

一个原本在利比亚东部城市班加西做服装生意的男人，为了躲避战乱，一路向东来到埃及。他身无分文，完全依仗国际组织和埃及政府的救助，已经在口岸待了25天。

还有一大群发国难财的人，每天开车几次进出生死线运送人员，当然，费用也高得离谱。

现场提供医疗保障的医生告诉我，很多人舍不得吃医生免费开的药，而是藏在身上等着换钱用。

我看着他们的遭遇，想到3万多名中国人已经与家人团聚，不由得感慨万千。

日　常

这3年的驻外经历，对我来说很宝贵。我的生活就是在按部就班和轰轰烈烈中不停切换。

日常是采访、写稿，找当地的朋友吃饭、聊天、逛街。

轰轰烈烈，自然是指经历炮火，睡觉也要保持警醒。有一次，在的黎波里的酒店，凌晨1点左右，我被一阵接一阵的轰鸣声惊醒。落地窗在冲击波下，发出"咣咣"的声响。

我按照酒店的逃生路线图，爬到楼顶。我发现已经有记者戴着头盔、穿着防弹衣，架好机器等待拍摄下一次轰炸——这里每天对着城区的轰炸有二三十次。

回到房间，我用胶带把落地窗贴得像蜘蛛网一样，以防玻璃碎裂，飞溅伤人。我睡在床和墙夹缝的地毯上，以床作为屏障。

我还经历过一次抢劫。那是在利比亚，当时只有我一个人，一个男人走过来，把我的钱包和相机都抢走了。我快步冲上前去，想把东西抢回来。他停下来，示意我再敢过去就要掏手枪了。当时我满脑子都是这几天拍摄的照片，最后在僵持中，他用力将我推倒，大步流星地逃走了。这时我才意识到，我的腿抖个不停，连站起来的力气都没有了。后来，在路人的帮助下，我才回到酒店。

长期处于紧张状态，人的身体和精神会有些变化。比如睡眠会减少，精力异常旺盛，情绪波动大，容易大笑大哭。但这些都不重要。我认为，更好地完成报道，尽快向读者展示真相，才是最重要的。

坚守战地1200天，我对世界有了新的体悟。在战争中，我遇到过许多手无寸铁、命运飘摇的人，我想通过自己的报道，激发世人更多的悲悯之心，大家一同努力让世界远离战争。

（摘自《读者》2022年第10期）

我的国与你的家

胡宝林

2018年6月29日清晨,一场简朴而隆重的葬礼在关中的一个小山村举行。97岁的抗日战争老兵黄清海走完了自己的一生,被安葬在陕西省宝鸡市高新区钓渭镇谭庄村金台二组的黄土地里。头勒手巾、身着孝服、执孝子礼为他送葬的,是他70岁的邻居张引乾。

黄清海是一位参加过中条山战役的老兵,曾获抗战胜利70周年纪念章。在生命最后的31年,他一直住在邻居张引乾——一位普通的关中农民——家里。

一

有关黄清海的一切,都深深地烙在了这片黄土地上。他生于1921年,

1941年年初在汉中南郑县参加了国民革命军。抗日军情紧急，他才训练2个月就匆匆上了战场，先在河南灵宝县与日军作战，接着又参加了中条山战役。中条山战斗惨烈，黄清海和战友操作马克沁重机枪，在枪林弹雨中与日军鏖战了很久，他的腿上留下了伤。抗战胜利后，他离开了部队，辗转来到秦岭下的雍峪沟，靠给人打零工生活。

日子一天天过去。到了1987年，当年那个在抗日战场上浴血杀敌、矫健如虎的毛头小伙子已经成了66岁的老人，妻子去世，女儿出嫁，他孤身一人居住在一口破窑洞里。因为居住在高崖之下，窑洞成为危窑，左邻右舍都要搬迁，而老人却无力搬迁。

老人是打过"日本鬼子"的人，老了一个人咋生活呀？张引乾和妻子蔺旦旦心中暗暗焦急。老人在村里和乡亲们一起生活惯了，去乡上的养老院不一定适应，他们也舍不得。最后，张家人一商量，干脆把老人接到自家新盖的砖瓦房里一起生活。张引乾说："老人上战场打鬼子，保家卫国为大家，现在老了，咱要把老人经管好。"从此，他们把这位老兵当亲人赡养。

黄清海是个勤快人，耕田种地，雷厉风行，像个小伙儿。他爱给村里人帮忙：谁家有红白喜事，他帮挑水；谁家盖房子，他帮和泥；谁家地里有急活儿，他就去搭手。但是，村里人也知道，老人性子直、脾气大。刚搬到新屋，睡的是新炕，他将自己窑里用的长炕耙带来捅炕眼，觉得不趁手，就到街上当着众人的面发了一通火。张引乾没往心里去，对家人说："牙和舌头那么好都有碰着的时候，一个锅里搅勺把，难免磕磕碰碰，老人就是这脾气，过几天就好了。"

他们不计较老人的脾气，精心照顾老人。老人爱吃干饭，蔺旦旦就少做稀饭，让老人吃得舒心。随着年龄增长，老人的牙慢慢掉落，给老人做饭时，怕老人难消化，就把面煮软，菜炒烂。有几年，原本身体就瘦弱的蔺旦旦添了比较严重的胃病，但她硬撑着做饭，不误老人的一日三餐。冬天，她给老人把炕烧得暖暖和和。老人一直有用热水洗脸的习惯，无论冬夏，她都早早给老人把水烧好。老人的衣裳，她也给洗得干干净净，让老人清清爽爽。

二

黄清海初搬来时，张家的孩子还小。慢慢地，他们长大了，两个女儿出嫁，儿子也成了家。一大家子人要生活，光种地不行。村里好多人都出去打工了，但张引乾操心照顾老人，没有出去，在家里养起了奶牛。

2004年，同村有人出售奶牛犊，因为是熟人，本来要卖4000元的牛犊，3800元卖给了他。牛犊进了家，一家人把它当宝贝一样伺候。小牛犊很顽皮，爱撒欢，喜欢跑出跑进。一天，牛犊拨拉了一阵小筐子，不久就烦躁不安，不对劲了。原来，隔壁是所小学，小学的学生们将写过的作业本扔在了河边。黄清海老人是个仔细人，他不用家里备的手纸，把那些废作业本从垃圾堆里捡回来放在那个筐里，平时当手纸用。那天，牛犊寻着那个筐，将纸连同上面的订书钉都嚼着吃了。牛犊病情加重，张引乾雇车将牛犊拉去寻兽医看，不行，又拉去农科城杨凌看，结果在半路上，牛犊就死了，最后只卖了800元，全付了车费。

这件事，张引乾没有给老人说，怕给老人心里添负担。

2011年4月，老人头晕住进了卫生院。当时，儿子张建军和媳妇不在家，家里就剩下张引乾夫妇。一大早，张引乾赶几十里路到卫生院照顾老人，之后，又回家里给奶牛备料、挤奶，忙地里活儿。有一天，等他赶回家里时,那头大奶牛因为没有及时挤奶,卧时奶头撞地,发了炎。这对奶牛产奶产生了极大影响。没办法,他只得将价值7000元的奶牛以5200元贱卖了。

这事,张引乾仍然没给老人提过。有人问起,他只说:"我想把奶牛倒换一下。"

三

有了父母的榜样,自小爱听抗日故事的张家子女也把老人当亲爷爷爱。一次,黄清海突然晕倒在街上,张建军和媳妇听到乡亲们的呼喊,赶紧跑出去,背老人回屋平躺救护。小两口平时在外打工,每次回家不忘给爷爷买可口的食品。天气好时,张建军烧开水,给老人洗澡擦背。大女儿张小琴从新疆回来探亲,把爷爷的被褥很细心地拆洗了一遍,让爷爷睡着舒心。

在一家人的精心照护下,黄清海九旬高龄时仍然身体硬朗,耳聪声亮。

2015年是抗战胜利70周年。在抗战胜利纪念日前,黄清海老人获得中共中央、国务院、中央军委颁发的抗战胜利70周年纪念章。他很高兴,把金灿灿的奖章佩戴在胸前。

张引乾家里的经济状况一直不好,但一家人将赡养抗战老兵的重担挑了几十年。有人说:"孤寡老人应该由国家管,何况是抗战老兵,你把这担子挑到啥时候?"张引乾说:"国家政策好,也有敬老院、养老院,但咱跟老人处了这么多年,成一家人了。有感情了,老人不在,人心上就像缺了一个豁子。老人是打过鬼子的人,是保家卫国流过血的,我要给老人养老送终。"

四

就在2016年，黄清海老人觉得自己眼睛模糊了，看东西没有以前那么清楚。

宝鸡市政协获悉，派人接老人到宝鸡市第二人民医院诊疗。医院经过精心准备，给黄清海做了白内障手术。张引乾家的房子已住了30年，破旧不堪，孙子慢慢长大，家里又养牛，房子明显不够，已将就多年。当年一起从崖头搬迁下来的乡亲们，早就盖了新房。盖新房，能改善家里条件，也能让老人住得舒心些，多享些福，这好处张引乾不知想过多少回，但一直下不了决心，原因是手头拮据。

2018年春天，在镇政府的支持下，张引乾的新房终于开工。但97岁高龄的黄清海老人身体明显衰老，饭量减小，住了几回医院。医生说没有大毛病，主要还是年龄太大，器官衰老。张引乾将盖房的事交给家人，自己到医院日夜陪护。

6月22日下午，在新房住了10天之后，和张家人一起生活了31年的黄清海安详离世。

70岁的张引乾像亲儿子一样操办了葬礼，实现了他为老兵养老送终的诺言。

（摘自《读者》2018年第20期）

发往70年前的电报

视 文

生命中最后一封电报

1948年12月30日凌晨，就在人们酣然入梦准备迎接新年的时候，在上海一间寓所的阁楼里，借着昏黄微弱的灯光，一双有力的手在电键上快速敲击着。终于，他摘下耳机，长舒一口气。谁知，下一刻，敌人就出现在他的面前。

在1948年那个隆冬的寒夜里，李白发出了他生命中最后一封电报。5个月后，他被敌人秘密杀害于浦东戚家庙，年仅39岁。那一日，距离上海解放，只有20天。

1958年，电影《永不消逝的电波》上映，无数观众第一次知道了李侠这个名字，知道了李白烈士的故事。然而，很少有人知道，在1000多公里外的西柏坡，有一名年轻的报务员，在收到李白的最后一封电报后，用了半个多世纪的时间去追寻一系列答案：对方是谁？他怎么了？他还活着吗？

这名报务员，叫苏采青。那一年，她只有16岁。

她的第一项任务

苏采青与电报工作结缘，还要从1947年说起。

1947年夏天，当时的中央社会部从延安中学、贺龙中学等单位选调了一批十几岁的学生从事报务工作，年仅15岁的苏采青入选。

为了尽快掌握通信技术，苏采青和其他学员一起到军委三局通信队参加培训。拍发电报、记忆36个数字和字母，在培训班里，陪伴苏采青的只有冰冷的发报机和一串串抽象的密码。

初到通信队的日子并不好过，苏采青每天都做着激烈的思想斗争。但渐渐地，她意识到，党的需要就是行动的指南，必须保证完成任务！通信队所在的培训学校坐落在高山上，当地气候奇寒。三九严冬，在没有炉火的教室里，苏采青日复一日地在冰冷的电键上敲击，练习拍发莫尔斯电码。她白嫩的双手冻得发红、僵硬，甚至生了冻疮，化脓发炎。但苏采青拒绝休息，一遍练不好就再练一遍，直到滚瓜烂熟。培训结束，正逢解放战争进入战略决战时期，军情紧急，刻不容缓，苏采青和战友们立即进入全军总电台实习。

实战是最好的训练。很快，成绩优异、技术过硬的苏采青脱颖而出，率先独立上机。在顺利完成了与辽沈战役中的东北野战军的通信联络任务后，苏采青被调回中央社会部，从事党台（公开称"地方组"）的联络工作。

刚到党台，苏采青就接到了她的第一项任务——联络上海的一个地下电台。为了保证安全，党台的工作纪律极其严明。每个报务员都只知道对方是何处电台、多长时间联络一次、联络的频道和呼号以及遇险时的警示信号，其余的便不能问也不能说。

尽管不知道对方是谁，甚至连性别、年龄也不知道，但苏采青接手工作后，很快就感受到对方是一位老手，发报手法熟练、流畅、纯正，绝不拖泥带水。这个人，正是李白。

亦师亦友的同行

1931年年初，红一方面军利用反"围剿"时缴获的国民党军电台，建立了无线电学习班，李白便是第二期学习班的班长。1937年10月，李白受党组织派遣赴上海潜伏，建立秘密电台。从此，一座无形而坚固的"空中桥梁"在上海与党中央之间架设起来。

与苏采青取得联络后，李白很快发现她是一个新手。凭借自己娴熟的技术，他常常在工作中慢慢引导苏采青。如果自己的电报不急，李白就会让苏采青先发。苏采青如果有报，就会发"msg（我有报）"，李白就会回复"please（请发）"。如果苏采青发得很慢，李白就会发"quickly（快一点）"，让苏采青快一点。由于电波极易受干扰，一个频率上可能有几千几百个电台，功率仅7瓦的收报机让李白的收报工作变得难上加难。但李白很少让苏采青重复发报，总是很快就记录下全部内容。有这样一位亦师亦友的同行，苏采青感到幸运而愉快。

可惜，好景不长，两个月后，一场变故如噩梦般突然降临。

3个"V"字电码

1948年12月30日凌晨，一段长长的秘密电波从上海黄渡路107弄15号寓所发出。这封电报的内容，正是对4个月后解放军发动渡江战役，突破国民党防线起到重要作用的国民党军队长江布防计划。发出这封电报的人就是李白，而这封电报也成为他生命的绝唱。当时，曾有领导提醒李白，由于有叛徒告密，建议他当天不要发报。但李白毫不迟疑地拒绝了，他坚定地说："电台重于生命，有报必发！"在敌人的重重包围之中，李白冒着生命危险按时发出了这条重要情报。发报机内的余温尚未散去，国民党特务便破门而入。

那一晚，在西柏坡等待李白发报的苏采青也感受到了异样。信号连通后，李白并没有如往常一样请苏采青先发报，而是自己抢先发出电文。就在苏采青抄录下第一段电文后，耳机里突然安静了下来，陷入漫长的停顿。起初，苏采青以为李白只是像往常一样，遇到了敌人的侦察车。但这一次，事情没有这么简单。一段时间后，李白再次与苏采青联络。苏采青还没来得及询问情况，李白发报的速度便陡然加快，显得十分焦急，全然不似以往。顾不得多想，苏采青只得赶忙聚精会神地将电报抄录下来。

终于，苏采青从耳机里听到标志结束的电码。但下一刻，她听到的不是平时工作完毕后道别的信号"GB（再见）"，而是十分急促的3个"V"字电码：滴滴滴答、滴滴滴答、滴滴滴答。

这是事先约定的警示信号，表明对方正处于危急情境！

苏采青心中警铃大作，顾不上关机，她连忙跑到台长那里报告了这一情况。未等台长回应，她又跑回电报机前，戴上耳机静静守候。

苏采青守在电报机前，双手牢牢按住耳机，生怕漏掉一点声音。她的心里只有一个念头——希望对方平安无事！她无比期待能再听到对方发来的信号，哪怕只是几声呼叫。

但她再也没有听到那熟悉的发报声。

跨越半个世纪的追寻

从那以后，苏采青心里始终有一系列疑问："我的联络人到底怎么了？他是谁？"这些问题在苏采青心中久久不散。因为彼此都是情报员，身份保护纪律异常严格，这场跨越半个世纪的追寻迟迟没有答案。

直到2005年的一天，苏采青在一份报纸上读到了一篇题为《〈永不消逝的电波〉原型——李白》的文章，文中描述的情节和自己在1948年年末那晚的经历极其相似！苏采青激动地剪下这则报道，将它小心翼翼地保存起来。

时间又过了3年。2008年，苏采青从报纸上得知，当时的中央社会部部长李克农早在上海解放第3天，就专电时任上海市市长陈毅，要不惜一切代价查明李静安同志（即李白）的下落。至此，60年之后，苏采青终于知道了她当年联络人的名字，李白。

两年后，在位于上海的李白烈士故居纪念馆里，苏采青注视着李白的遗像，久久不愿离去。在李白烈士生前工作的小阁楼上，苏采青双手抚过当年他使用的桌台，用置于桌面的电键打出了3个"V"字电码——那正是62年前李白发出的最后信号！当年懵懂稚嫩的少女，如今已是白发苍苍的老人。两位从未谋面的战友终于跨越时空的阻隔，在这里相聚。

在电影《永不消逝的电波》里，李侠坚定地说："为了中国的解放事业，我是光荣、自豪的，我已经看见新中国了，我看见了！"

2019年，正是李白烈士牺牲70周年。在《故事里的中国》节目现场，87岁的苏采青再一次坐在她熟悉的发报机前。她目光炯炯，手法娴熟，在电键上一下下敲击着，滴滴答答的发报声响彻演播大厅。70年后，苏采青终于发出了她当年未能回复的电报："李白前辈，您期盼的黎明，到了！"

（摘自《读者》2021年第6期）

我为外卖小哥写书

杨丽萍/口述　叶小果/整理

1

通过采访外卖小哥，我把他们的故事汇集成了一本书，叫作《中国外卖》。

做"外卖"这个选题之前，外卖小哥对我而言，就是所谓最熟悉的陌生人。我也点过外卖，他们每次说"您好，您的餐到了"，然后把餐盒往我手里一送，我还没来得及看清他们的面孔，他们就转身走了。

年轻，能吃苦，大多来自农村，学历不高。这些都是人们对外卖小哥的大致印象。但他们是一群什么样的人？他们的爱情、婚姻、家庭，他们的尊严，他们对职业的认识又是怎样的？我在心里打了很多问号。

我在当时的居住地广州开始采访，杭州是我的第二站。

2

到杭州后，我特地避开外卖员的工作高峰。下午 4 点，我拨通楚学宝的电话。楚学宝，31 岁，安徽蒙城人，初中文化。他的外号叫"单神"，每个月以订单量最多稳居站点"单王"宝座。

我记得特别清楚，采访楚学宝时，领他去星巴克，我点了两杯咖啡，他看了一眼小票，说："哇，这么贵。"

接着他讲了书包的故事。读书时，别的孩子都背书包上学，他拎着一个装大米的编织袋，遭到同学的耻笑。

他很平静的讲述，让我特别心疼。说句实在话，虚构永远没有办法和现实生活比。

楚学宝 20 岁结婚，婚后和妻子去服装厂打工，在流水线上干了太长时间，把腰坐坏了，2019 年在杭州改行送外卖。他做的是外卖员中最辛苦的行当，就是送"商超"，有的客户会一次下单二三十种货品。别的小哥干不动，他坚持下来，逐渐掌握了打包技巧和跑单技巧，每天最早到达站点，最晚下班，成了"单神"。

他每天都拼了命地送外卖。他说跑单跑得吃不下饭，每天只能多喝水和功能饮料。

楚学宝的妻子带着两个孩子在老家，我也想了解一下她的情况。他把妻子的电话号码给我，我做了两次电话采访。

一次是中午，听到她在踏缝纫机。她说，你晚上 9 点打过来吧。我按时再打过去，那边还是踏缝纫机的声音。她跟我说话，基本上靠吼。我问她怎么这么晚还没回家，她说多做一些是一些，因为他们为了孩子的未来，咬牙在县城买了房，老人又生着病。

除了采访外卖小哥本人，我也尽量接触他们的家人或同事。楚学宝和妻子每天加班加点，他们的生活就是这样支撑下来的。

3

我是通过媒体报道的线索找到李邦勇的。他在嘉兴一家涂料厂打工时，右手被绞进机器里，定为五级伤残。妻子离家出走后，他带着21个月大的女儿，开始在嘉兴送外卖，那是2018年9月。

2020年7月1日下午4点半，我赶到李邦勇送餐的商圈。他刚从幼儿园接回女儿。女儿的手臂搭在爸爸的手臂上，纤弱的身子贴着爸爸的背。车子转弯时，女儿就抱紧爸爸的腰，怕掉下来。送完一趟回来，我看到她的小脸现出倦容。再回来时，她打起了瞌睡。

每当爸爸停下来取餐或者掏餐盒，她就跳下来活动一下，因为总在后面坐着受不了。看到爸爸过来，她就先爬上去，动作特别快。

李邦勇不爱说话，女儿更不爱说话，但他们的眼神和动作中有一种默契，超过很多父母和孩子。晚上9点多，他们回家，我就跟了过去。

李邦勇真是一个好父亲，把简陋的出租屋收拾得特别干净。我说："你带着孩子这么辛苦，能把房子收拾到这种程度，真不容易。"他说得特别朴实："房间里干净一点，蚊子就少了，免得咬到孩子。"

我发现他做饭用的是电，就问小区是不是没有煤气。他说他让房东把煤气罐扛走了——怕孩子淘气，不知轻重拧开煤气发生意外。

那天晚上我从他家出来，已经11点多。回到宾馆，我收到他发来的信息:"你到了吗?"采访结束后我去了杭州,又收到他的信息:"你平安到达了吧?"要知道,他的文化程度不高,手有残疾,每天送外卖那么忙,还要照顾女儿,但他仍然会打几个简单的字问候。那种体谅和关心,让我既感动,又难忘。

4

除了赚钱,客人是否尊重他们,是外卖小哥们最在意的。

在采访河北邯郸的小于时,他让我印象最深的一句话是:"为了7.2元的外卖费,我把所有能放下的都放下了。"

那天晚上,他抢到一单,送餐距离两公里,配送费5.2元,外加2元夜间补贴。他按导航到达后,拨打客户电话,客户说地址写错了,让他送到另一个小区。没等他问清楚,对方就挂断了电话。

他用导航一查,发现那个小区距此五六公里。赶到以后,他打了两遍电话,客户又说不在那里。他又跑了四五公里,终于送到楼下,单元门锁着,客户却拒绝下楼。他等到一位住户开了门,跟着上楼,把麻辣烫递给那个客户时,忍不住说:"您下次能不能把地址写清楚一点儿,为您这单我跑得太远了。"

小于形容那个客户40多岁,看起来是比较有身份的人。她冷着脸说:"你是不是想要钱?"小于憋屈得不得了,强忍着说了一句:"祝您用餐愉快。"转身下楼时,他对自己说:"我一个送外卖的,今天晚上表现得比你好。"

他还说了一句话:"送了两个月外卖,我把31年没说的'对不起'都补上了。"

5

我采访过的外卖小哥里,有两位在城市里买了房,杭州的外卖牛人老曹就是其中之一。

他当过武警。有人问他:"送外卖不丢人吗?"他说:"我靠自己的劳动赚钱,有什么丢人的?"那种实现了人生目标的得意和满足,体现得畅快淋漓。

老曹其实不老,三十四五岁,来自河南许昌农村。他做外卖工作,是因为母亲患了宫颈癌,他花了几十万元也没能救下母亲的命,反而欠了30多万元债。他做过生意,开过矿,当过包工头,赚过大钱,也赔过大钱。他送外卖很努力,每天跑到半夜,每月至少赚1.5万元。

2020年,为了把女儿接到杭州读书,他和妻子以每平方米3.5万元的价格,在杭州买了一套40多平方米的二手学区房,交了首付,贷款几十万元。之前,他们在老家县城买了一套140多平方米的小产权房。

如今,老曹不但脱贫致富,还在他喜爱的城市定居,让女儿接受和杭州本地人一样的教育。我为他们感到高兴。

6

因为自己是女性,我也很关注女外卖员。

深圳的外卖员刘海燕,以前是在黑龙江养猪的农民,碰到猪瘟,欠了几十万元的外债。为了还钱,她和丈夫一起去了深圳打工。

刘海燕所在的站点有两三百个外卖员,只有5个女性,她的业绩排在前十,每月能挣八九千甚至上万元,她丈夫也送外卖,业绩却跑不过她。

还有一位50多岁的女外卖员，最早是开花店的，店里会接到鲜花的外卖订单。她觉得与其让别人送，不如自己送，从送自己的单逐渐到送别人的单。后来花店生意不行了，丈夫出了车祸，儿子中考填错志愿进了私立学校，每学期学费要几万元，她就把兼职变成专职。

每天送外卖时，她都会化妆，把自己打扮得漂漂亮亮。她丈夫伤好一点后，也开始送外卖。她40多岁才生孩子，担心儿子读大学时，自己可能都跑不动了。

这些女外卖员和男外卖员一样吃苦耐劳，甚至比男性更坚韧，更善于跟客人打交道。虽然生活很苦，但我很少听到她们抱怨。

7

有人说，外卖小哥吃的是青春饭，有"钱"途，没前途。可是我通过电话采访宋增光，了解到他做外卖小哥的经历简直是一路"开挂"。

宋增光的老家在东北农村，结婚后到上海送外卖，8个月就当上了站长，3年后成为公司的培训专员，后来接连获得上海市五一劳动奖章和上海市劳动模范。

2021年4月27日，宋增光成为唯一一个获得全国五一劳动奖章的外卖员。

通过他，我采访到他的父亲、舅舅和表弟，还有妻子的弟弟，他们也在送外卖。宋增光业余时间学习英语，报了市场营销专业的成人自考，读完大专接着读本科，成了上海新市民，小日子越来越好。他还有了自己的"文化消费"——妻子喜欢看话剧，他陪着看了一场后，也爱上了话剧。

提起外卖界"第一劳模"的称号,他告诉我:"这不是我一个人的荣誉,而是整个外卖员群体的荣誉,也是社会对'外卖骑手'新兴职业的认可。"

8

2022年2月,我完成了《中国外卖》的书稿,接受我采访的各地外卖员有100多位,我写进书里有名有姓的,有40多位。

有人说,我在为中国外卖小哥立传。我认为,这是向每一个为生活拼尽全力的人致敬。人生总会遇到很多难题,外卖小哥身上最打动我的,是他们都在用自己的行动消化各自人生中的苦难,努力地生活。

(摘自《读者》2022年第22期)

写写你的父母

梁晓声

母亲做过的最令我感动的事发生在三年困难时期。

当时因为家里小孩多，所以政府给了我们家一点粮食补贴。月底的最后一天，家里一点粮食都没有了，揭不开锅，母亲就拿着饭盆将几个空面粉袋子一边抖一边刮，终于刮出了一些残余的面粉。母亲把它做成了一点疙瘩汤。我们正在吃饭的时候，来了一个讨饭的人。他看着我们几个孩子喝疙瘩汤，显得非常馋。母亲给他端来洗脸水后，又给他搬了凳子，把她自己的那份疙瘩汤盛给他，自己却饿着肚子。

然而这件事被邻居看到后，不知是谁在开会时把这件事讲了出来，说我们家粮食多得吃不完，还在家中招待要饭的人。从这以后，我们家就再也没有粮食补贴了。可我母亲对这件事并没有后悔，她对我们说你们长大后也要这样。

我现在教育我的学生也经常这样讲，少写一点初恋、郁闷，少写一点流行与时尚，多想一下自己的父母，如果连自己的父母都不了解，谈何了解天下。

我们这一代人的父母，几乎没有过一天幸福的晚年。老舍在写他的母亲时说："我母亲没有穿一件好衣服，没有吃一顿好饭，我拿什么来写母亲。"我能感受到他当时的心情。萧乾在写他母亲时说，他当时终于参加工作并把第一个月的工资拿来给母亲买罐头，当他把罐头喂给病床上的母亲时，她已经停止了呼吸。季羡林在回忆他母亲时写道："我后悔到北京到清华学习，如果不是这样，我母亲也不会那么辛苦培养我读书。我母亲生病时，都没有告诉我，等我回到家时，母亲已经去世，我当时就恨不得一头撞在母亲的棺木上，随她一起去……"这样的父母很多，如果我们的父母也长寿，到街心公园打打太极拳，提着鸟笼子散散步，过生日时吃上我们送的大蛋糕，春节时和家人到酒店吃一顿饭，甚至去旅游，我们心中也会释然。

如果我们少一点粗声粗气地对母亲说话，少惹她生气，如果我们能多抽出一点时间来陪陪母亲，那就好了。

我想全世界的儿女都是孝的，只要我们仔细看一下"老"字和"孝"字，上面是一样的，"老"字非常像一个老人半跪着，人到老年要生病，记性不好，像小孩，不再是那个威严的教育你的父母，他们变成弱势的一方了，在别人面前还有尊严，在你面前却要依靠……爱是双向的，只有父母对孩子的爱，没有孩子对父母的爱，这种爱是不完整的。父母养育孩子，子女尊敬父母，爱是人间共同的情怀和关爱。

（摘自《读者》2023年第2期）

"小微球"的强国梦

张斯絮

马里亚纳海沟,是人类已知的海洋最深处。

2020年11月10日,中国"奋斗者"号全海深载人潜水器在马里亚纳海沟成功坐底,坐底深度10909米。这是中国自主研制的潜水器第一次把3名中国人送达地球的"第四极",而"奋斗者"号也是人类历史上第四台抵达"挑战者深渊"的载人深潜器,更是其中能力最强、技术最先进的一台。

"奋斗者"

2020年11月10日,一个普通的工作日。与往常一样,严开祺一大早便来到自己在中国科学院理化技术研究所的办公室。但与往常不同的是，他没有第一时间着手科研实验，而是打开了一场视频直播的链接。

或许网友们更关注"奋斗者"号下潜到了多少深度，而严开祺更关心的是它运行是否平稳，状态是否良好。"虽然我们的浮力材料已经通过了实验室里模拟深海环境的大量考核，但真正到达那个深度的时候，心还是悬着的——直到水下传来'万米的海底，妙不可言'的音频，我才意识到，我们成功了！"

正如有评论所言，"比万米海底更妙不可言的，是'奋斗者'号的国产标签"，从2012年"蛟龙"号下潜7062米，到2020年"奋斗者"号创造10909米载人深潜新纪录，中国的深海探测技术实现的不仅是从4位数到5位数的突破，更是从"国产化"到"国产"的壮举。

很多人都没有想到，在这一领域率先打破发达国家技术封锁的，竟是一支完全由本土科研工作者组成的团队。严开祺说，当年研究生毕业，许多同学选择出国深造。正是导师张敬杰的教导——"关键核心技术要不来，买不来，求不来"，让他留在了这个不算热门的"微珠材料制备新工艺及其应用技术"研究组。

从提出新理论，研制新设备，到主动担当海试重任，长期驻扎北京通州、河北廊坊等实验基地，严开祺和同事们一路走来，已经初步开启国产深潜浮力材料规模应用的新局面，成为中国万米潜水器背后最坚实的奋斗者。

2020年12月15日，共青团中央、全国青联发布《关于授予"奋斗者"号全海深载人潜水器科研团队和个人"中国青年五四奖章"的决定》。中国科学院理化所项目研究员严开祺荣获"中国青年五四奖章"。

一毕业，就出海

"我们常说做科研，无外乎两个目标，要么上书架（形成新的理论），要么上货架（研发新的产品）。"

忆及当年的保研经历，严开祺坦言自己是在了解理化所微珠团队的研究方向后，毅然投至张敬杰老师麾下的。"这个方向既有基础研究又有产业化，而且是跟国际最顶尖的团队在赛跑，我想接受这样的挑战。"

万米海底的压强，相当于一万只大象站在一平方米大小的地面上。此时，深潜器想要通过母船的拉力或者自身的动力实现上浮，宛如愚公移山。只有依靠一种又轻又抗压的材料，才有可能在深潜器完成水下作业抛载之后，实现无动力上浮。

这种被视为深潜器六大关键技术之一的固体浮力材料，由空心玻璃微球加上树脂基材通过混合和热固化形成，其中空心玻璃微球是关键。20世纪50年代，美国、日本、俄罗斯开始研制空心玻璃微球，高性能产品至今仍对我国设限。而我国从20世纪90年代开始"白手起家"，老一辈研究员宋广智、张敬杰采用全新的技术打通了"软化学"法制备空心玻璃微球的先进路线，使我国在该领域拥有了自主知识产权。

"这是一条完全自主的技术路线，意味着一切都是未知。"在缺少文献和经验借鉴的情况下，想要获取最可靠的一手数据，海试很重要。

2012年夏天，严开祺硕士毕业后留在课题组工作。他主动承担了海试的任务，报名科技部资助的规范化海试航次，作为课题组中的海试"第一人"三赴南海。

在甲板上作业，充满着不确定性。"你永远不知道下一次的浪从哪里来，稍有不慎，就可能被海浪打翻在地。"严开祺负责的是与浮力材料相关的潜标布放、回收，在他的回忆里，每一次作业都非常紧张，以至于留下了"没拍过一张工作照"的遗憾。

"从没想到（一次出海）七八天会那么难熬。"没有手机信号，饮食供给有限，严开祺说，"越到后面，那种孤独、寂寞，甚至是恐惧感越强烈……每次出海我都会瘦好多。"

但正是通过这种方式，在长时间的海试验证中，他们自主研制的样品吸水率小于1%，性能达到国际先进水平。

栽好梧桐树，凤凰自然来。2014年年底，一个偶然的机会，严开祺和导师张敬杰在参加中国科学院"先导科技专项"立项评审的时候，遇到了"蛟龙"号总设计师徐芑南院士。"徐院士看到我们的海试样品，非常高兴，马上安排人与我们对接。其实此前他们已经找了很多单位，但浮力材料的问题一直没有解决。就这样，我们紧急加入了'深海勇士'号的攻关。"

从样品，到产品

走进中国科学院理化所严开祺所在团队的实验室，上百平方米的空间里摆满了各式各样的精密仪器。然而，要完成工程化的指标，把以克为单位的样品量产到上百公斤级，这里远远不能满足需求。

2015年，为了完成为我国第二台载人深潜器"深海勇士"号提供浮力材料的任务，理化所紧急为团队调配了河北廊坊园区场地，并由中国科学院院长特别支持基金和理化所所长基金匹配了部分经费。

那几年，严开祺和同事们几乎是驻扎在实验基地，度过了最热的伏天和最冷的寒冬。"暖气不足，车间很冷，我们都是裹着军大衣、大棉袄在现场操作。因为实验涉及粉尘之类,所以每个人出来,头发全是白的。"

然而比起环境的艰苦,更让严开祺记忆犹新的是科研上的艰辛。"为什么我们现在发表的论文数量在国际上数一数二,但转化成生产力的却没有那么多?因为样品和产品完全是两码事——为了做一个样品,我可以精挑细选。在100个里面,有一个成功就行了。但要做成产品,这100个里面至少有95个要成功,而我们要做到100%。"

谈及前期的状况,张敬杰曾说"失败一个接着一个,废品如小山般堆积,每天都在打击中度过"。在那两三年间,严开祺经常睡不好:"连做梦都在想这个事情,是哪里没有做到位,哪里设计不合理?为什么总差那么一点点?"

记者问:"那一点点指的是什么?"

严开祺答:"就是头发丝那个量级的小微球的耐压强度。"

后来,大家开始咬着牙逼自己"慢下来"。"一种原材料一种原材料地去分析、计算、设计,对关键的工艺设备挨个进行参数调整、改造和升级……终于在某一天,找到了关键突破点。一旦跨越那个阶段,研制工作就变得轻松一些了,每天都能获得一点小突破,终于又找回了成就感。"

就在当年廊坊基地紧张攻关的阶段,严开祺家里还发生过一件"惊险"的大事。"那天我正做着实验,突然接到妻子的电话,她要临产了!幸运的是,当时所里有位老师开了自己的车到廊坊,我赶紧请他帮忙把我带回北京。匆匆忙忙赶到医院,签完字,我的大女儿已经出生了。"

说到家人,如今儿女双全的严开祺满心感恩。"我确实没有很多时间、精力照顾家庭,而他们用实际行动支持了我的事业。"

2016年12月,团队按时交付了固体浮力材料,助力"深海勇士"号国产化率达到95%。在女儿生日的时候，严开祺将他最为珍视的"深海勇士"号参研参试人员纪念牌和小模型送给了她。

在严开祺心里，这就是他送给孩子最好的礼物。

科学家们的工程化"洗礼"

2017年，严开祺开始担任"奋斗者"号全海深载人潜水器结构系统的副主任设计师。

为什么让这位当时在团队中最年轻、资历最浅的"85后"助理研究员担当如此重要的角色？团队负责人张敬杰研究员回答，这个"副主任设计师"不是荣誉，而是责任，而且责任很大。个人基本功扎实、科研素质高，有开阔的视野、有很强的学习能力，才有可能在完成分内工作的同时，协调各个方面，对接工程总体，了解结构系统其他方面的需要，再返回来消化好他们对我们的各项指标要求。

而在严开祺看来，参与这样的国家战略性重大工程，对于科学家不啻为一场"洗礼"。

"科学家的精神是追求极致，为此会去不断地优化、超越。而参与工程以后就不一样了，我们要把自己当成螺丝钉，要和其他各个环节去匹配。在这个过程中，我要去扭转大家的思维——性能一旦定了，你低了不行，高了也不行，要尽可能地做出一致性和稳定性来。"

于是，仅仅是为了达到小微球的指标，他们就做了上千次实验。研制出小微球之后，再与团队里潘顺龙博士、廖斌博士研制的高性能基材进行匹配，又是上千次实验！

2020年年末，"奋斗者"号第13次完成下潜任务，除了刷新10909米的世界下潜深度，还有另一历史时刻令万众瞩目——实现全球首次万米海底的实时直播。2020年11月13日，辅助广大网友打卡地球"第四极"的，其实还有"奋斗者"号的两位好"帮手"——"沧海"号和"凌云"号。这两部同时坐底的深海视频着陆器就是"奋斗者"号的专用摄影和打光。这背后，是严开祺在研制"奋斗者"号的同时，又组织的一支突击小分队。他和同门师弟廖斌博士为包括"沧海"号、"凌云"号等在内的我国万米集群无人潜水器，研制出了更低密度的全海深浮力材料，从而推动我国跻身具有全海深探索能力的国际第一梯队。

严开祺相信，"奋斗者"号的研制成功，一定可以带出很多产业来。就以他们主攻的空心玻璃微球为例，这种材料不仅可以用在几乎所有的轻量化产品上，而且在隔热、隔音、耐高温、耐磨等领域，都有着广泛的应用。

既服务于国家的战略，也面向市场的需求。为了实现新材料的多功能化，一方面要布局相关的基础研究，另一方面要把新技术产业化。严开祺说："未来的路还很长，就像团中央的表彰辞所说，唯坚定者，方可行稳致远。"

（摘自《读者》2021年第8期）

音符飘过马兰花

王霜霜

2022年3月22日,河北省阜平县城南庄镇马兰村,上午还是阴天,下午天空飘起了雪花。奶奶出门遛弯回来,对白紫薇说:"邓老师去世了。"

白紫薇今年20岁,正读大学,受新冠疫情影响,一直在家里上网课。她曾是马兰小乐队的成员,跟邓小岚学过小提琴。

"不可能,您听谁说的?"白紫薇不相信。在白紫薇的印象里,邓老师留着干练的短发,眼睛亮亮的,爱笑,总是一副充满活力的样子。邓老师好像从不会老,也永不会离开。

几百公里外的白宝衡接到消息后,大脑一片空白。"我不知道怎么形容我的心情,邓老师整整陪了我13年。"

他现在是沧州师范学院音乐系的一名学生,曾是马兰小乐队的主音吉他手。他哭了一下午，拿起纸笔为邓小岚写了一首歌，取名《师生情》。

"光做事，不说"

2004年，一位短发、戴着眼镜、说普通话，"很精神"的女士来到孙建芝任教的马兰小学。介绍人称她是"邓拓的女儿"，想在这里教音乐。邓小岚给孙建芝留下的第一印象是"和蔼可亲，第一次见面就跟熟人一样"。那时的马兰小学只有一、二年级和学前班，孙建芝是仅有的两位老师之一，负责一、二年级的全科教学。

学校有4间房子，歪歪斜斜，因总漏雨，墙角被淋得乌黑。办公室用一个大树干顶着。"这太危险了。"邓小岚看着忧心地说。孙建芝说邓小岚当时没再多说什么。一年后，她和孩子们就搬进了窗明几净的新教室里上课。

"光做事，不说"，孙建芝说这是邓小岚的做事风格。当时，邓小岚每月的退休金900多块钱，回到北京后，她找兄弟姐妹商量，凑了4万块钱，给学校盖了4间新房子，还在教师休息室修了村里第一个冲水式的厕所。

2003年，邓小岚和晋察冀日报社的老同志们回马兰，为当年遇难的乡亲们扫墓，正好遇见了一群同来扫墓的孩子。那时，她刚从北京市公安局退休。"你们来唱首歌吧。"邓小岚满怀期待地说，没想到孩子们连国歌都唱不好。"不会唱歌的孩子多可怜"，看着孩子们，邓小岚内心一阵凄凉。

2004年，她决定来马兰村教孩子们音乐。差不多半个月，邓小岚就来一次马兰村。早上8点从北京出发，公交车换火车再坐长途汽车，到马兰村，天都黑透了。

没有分别心的温柔

邓小岚在马兰村的家中摆了 7 张桌子，黑板上画着五线谱，桌子上摞着一沓沓的乐谱。最多的是乐器，手风琴、小提琴、电子琴、吉他……由于年代久远，手风琴的背带开裂，键盘已经泛黄，还掉了不少琴键，像掉了牙齿的老人。教了孩子们唱歌后，邓小岚又开始教孩子们乐器。她把亲戚、朋友送的二手乐器从北京拉到马兰村来。2006 年，邓小岚挑选了 6 个孩子，组建了马兰小乐队。

白紫薇原来不是马兰小学的。她听身边的大姐姐们说，从北京来了一位教音乐的老师，好奇地跑来看看。第一次来，她害羞，不敢进去，趴在教室的窗户偷看。一看到有人出来，立刻跑远了。

"想学吗？"邓小岚把她叫了回来。白紫薇见这个短头发的奶奶特别爱笑，就点了点头。那是白紫薇人生中第一次见到电子琴，她把手指放在上面，轻轻按了一下。在 8 岁的她眼里，这东西高贵且脆弱，她不敢使劲按。

白紫薇记得她会弹的第一首曲子是《欢乐颂》。练琴时，有时 3 个孩子共用一台琴，每个人伸出一只手，放在不同的音区。邓小岚回北京后，乐器在好几个家庭里流转。孩子们你练两天，我练两天。

只要是愿意学的孩子，邓小岚都教。有成绩不好、调皮的孩子来小乐队，引起成员的抗议。邓小岚安抚孩子们说："到了小乐队，老师还会教他的。""什么是好孩子？什么是坏孩子？调皮的孩子就坏吗？"2022 年 2 月，在马兰村接受采访时，谈到这个话题，一向和蔼的邓小岚突然变得严肃:"调皮的小孩不一定没毅力,面对喜欢的东西他就会很有毅力。"

邓小岚的温柔没有分别心。孙建芝记得当时班上一个男孩的妈妈是个智力障碍者,家里乱,有异味,见邓小岚要去她家吃饭,村民都劝她别去。邓小岚笑着说没事。一次,孙建芝还看见邓小岚给男孩洗头、理发。小学实行免除学杂费政策之前,邓小岚还为班上几个家庭贫困的孩子缴过学费。

浪漫的"老小孩"

邓小岚天性浪漫、文艺。在一篇回忆父母的文章里,她写道,上小学五年级时,她看苏联的芭蕾舞剧《天鹅湖》,一下子被迷住了,便用五彩笔写了一封信,告诉爸爸妈妈自己喜爱芭蕾,希望今后能学习芭蕾。父母对小孩的童稚幻想并没有打压,邓拓还画了芭蕾舞演员的速写画送给邓小岚,上面写着"祝小岚学习舞蹈成功"。

初二时,邓小岚提出到沈阳舞校去考试,父亲帮她联系了当地的战友,并把她送上了火车。到了沈阳,邓小岚想家,给家里写信。"小岚,接到你第一封来信,实在像黑夜里盼到了星星那样的高兴啊!你初次远行,总算一切顺利……"在信中,父亲表达了关切,又以平等友好的口吻与她商量未来道路的选择。父亲给她选择的自由,但又没因她退缩而指责她,完全把她当作一个大人来对待,这给邓小岚留下了很深刻的印象。最后,她放弃了复试,回了北京,并在1963年考入了清华大学工化系。

或是受家庭环境的影响,邓小岚总能以平等的态度对待学生。78岁了,邓小岚还充满了童心,说着说着话就唱起来,唱的多是儿歌,高兴时，手舞足蹈的，像个"老小孩"。2021年，马兰花合唱团为北京冬奥会开幕式表演排练，邓小岚去看望马兰小乐队的成员，一位不认识的学生对她喊"老师好"。等对方走后，她捂着嘴小声说："我才不是你的老师呢。"说完，还吐了吐舌头。

2009年，因为参与"重走红色之路"的拍摄，音乐人阿里去阜平采风。走到马兰村，看到邓小岚在教当地小孩唱歌，便住下了。他打算就在这里拍一部关于邓小岚和马兰小乐队的纪录片。白天，阿里拍小乐队，开着吉普车带着孩子玩，和他们的爸爸喝酒。晚上，就在老乡家的床上写歌。村民家灯光暗，他站在床上，拿着纸笔，对着灯写。写起来特别快，"都是有感而发"。"如果有一天，你来到美丽的马兰，别忘记唱一首心中的歌谣，让孩子们知道爱在人间，清晨的花朵，永远的童年……"这首歌被阿里用在了纪录片《马兰的歌声》里，词、谱被抄在一张大大的纸上，挂在邓小岚马兰村家中的客厅里。

韧　性

在众人眼里，邓小岚脸上总带着笑，但阿里见过她流眼泪。每次来马兰村，邓小岚都会在小本上详细地记上每天的教学计划。但有时，到了马兰村，一个来上课的孩子都没有，她难受得直掉泪。

很多小孩觉得好奇，刚来时有很大的兴趣，可学了两天就不来了。有的家长觉得"学了没用"，耽误学习，也不愿让孩子来。邓小岚丧气过，但始终没放弃，她身上总有股韧劲。磕磕绊绊中，她带着小乐队走过了16年。

2013年，邓小岚有了在山里办音乐节的想法。"城市里有草莓音乐节，我们为什么不能给孩子们办一个山谷音乐节呢？"但这里一直以来都没有舞台。阿里把邓小岚的故事告诉了一位设计师朋友，设计师给马兰小乐队设计了月亮舞台，但因经费不足，月亮舞台的图纸一直没有启用。因陋就简，邓小岚找村民修建了鸽子舞台。

一片杂草地上有一块石头，一个生锈的栏杆，和几级砌得不规整的楼梯。这就是邓小岚建的第一个舞台——鸽子舞台。鸽子舞台的前身是一个羊圈，邓小岚找村民把羊圈拆了，用水泥垒起了舞台。阿里带着孩子们做了一个雕塑，在5条钢筋上裹上布，刷上漆，一层布一层漆……做成像一只鸽子，又像一个手掌的形状，意为"托起孩子们的明天"。

第一届音乐节来了三四千人，山坡上满满的都是观众。小乐队在台上演出时，天空下起了雨，雨后出现了彩虹，舞台旁一道瀑布飞流直下。随着音乐节的影响力越来越大，到第四届时，有国内20多支乐队和来自美国、非洲的乐队参加。

如今，鸽子舞台上的雕塑4根手指都已断了，只剩下一根大拇指。"之前是'托起孩子们的明天'，现在是'真棒'。"邓小岚打趣地说。

"回马兰"

1943年，邓小岚出生在阜平县易家庄村附近大山的一个破房子里。抗战时期，邓拓在马兰村附近游击"办报"。报社队伍常面临转移，邓小岚出生不久，就被寄养在马兰村周边一个叫麻棚的村庄。邓小岚喊收养她的农户夫妻"干爹干娘"，村民叫她"小岚子"。直至3岁，邓小岚才回到父母身边。

邓拓祖籍福建，但他把马兰村视为故乡。写《燕山夜话》时，他曾把

"马南邨"（谐音"马兰村"）作为笔名。他给自己刻过一个章，上面写着"阜平人"，给女儿邓小岚刻的章上写着"马兰后人"。每次去马兰村，邓小岚都说是"回马兰"。

一直以来，邓小岚还有一个心愿就是把月亮舞台建起来，但一直没钱。2021年10月，邓小岚自筹资金建设的月亮舞台终于落成。这个舞台包含了邓小岚很多浪漫的想法，她给穿过舞台的那条湖取名"兰梦湖"；在演员休息室的楼梯栏杆上粘上了德彪西《月光》的谱子。2021年夏天，冒着酷暑，邓小岚一铁锹一铁锹地把上山的台阶铲了出来。

2022年，马兰花合唱团登上北京冬奥会开幕式舞台后，马兰村收获了许多关注，筹建马兰儿童音乐节和发展旅游都成了当地的重点工作。邓小岚频繁地往返于北京和马兰，为此忙碌。她所有的愿望、蓝图在2022年终于像列车一样启动了，但她却倒下了。

邓小岚的子女在讣告中写道："妈妈生前最后的18年里，把大部分时间和精力投入在河北省阜平县马兰村的儿童音乐教育，这给她带来快乐和满足；北京冬奥会马兰花合唱团的孩子们演唱的奥运会会歌获得世人高度赞扬，更将她的快乐推向高峰，她在自己生命的高光时刻离去，而且走得安详平静，这也是对我们最大的慰藉！"

在为邓小岚写的歌里，白宝衡写道："十几年之前，您来到马兰，您像一颗星星，挂在那天边，您让美妙的音乐进入我们心间，从此我们就不怕孤单……"

（摘自《读者》2022年第14期）

烽火中，那一封绝笔家书

刘已粲

"烽火连三月，家书抵万金。"在渡江胜利纪念馆馆藏文物中，有一封珍贵的家书。7页信笺上，满是墨水书写出的娟秀字迹，落款名为陶迅。

陶迅，原名李鼎香，"陶"是他深爱的病故母亲的姓氏，"迅"则取自他最崇拜的作家鲁迅。渡江战役时，陶迅任第三野战军第24军《火线报》战地记者。

1949年4月17日，渡江战役发起前夕，陶迅接到家中来信。他花了两天时间，写下这封给父亲的3000多字长信。

在这封信中，陶迅述说了中国共产党人的初心："我党是有史以来真正为人民服务的一个政党，是最公正无私的。中国共产党的革命是为了世界上人人有饭吃，人人有事做。加入中国共产党的人都是最优秀的人，至少他们要打算不顾私人利益为大众服务。我过去在家中有饭吃、有书读,为什么要参加革命自找危险、自找辛苦呢?就是因为我当时已看出了共产党是人类最合理的一种党派。我是读书明理的人,如果共产党不好,我也不会冒了许多危险、吃了多少辛苦,参加革命事业。"

谈到革命部队时,他这样写道:"共产党在20多年以前,还只有几十人;在日本鬼子投降以后,还只有几十万人,没有飞机,没有大炮,国民党有飞机、有大炮,有强大的、富有的美国帮助。为什么他们还打不过我们呢?为什么还被我们消灭了300多万部队呢?这不是偶然的,这不是因为共产党有天兵神将,只有一个原因,那就是共产党为人民办事,受到人民的拥护。父亲,您现在已有两个儿子参加了这项真正为人民服务的翻天覆地的伟大革命事业,这不值得您引以为慰吗?"

在信中,他还提到解放军的优良作风:"共产党部队的士兵打起仗来像老虎,对待老百姓却像是儿女见了父母。我们部队驻到一个地方,士兵帮助老百姓耕田、挑水、担粪,那是最普遍的事情,至于打骂老百姓则绝对不允许。"

不幸的是,信件寄出3天后的深夜,陶迅乘一条渡船随部队第二梯队从北岸过长江,当船在江南安徽铜陵附近渡口靠岸时,他们不慎踩中敌人埋下的地雷,多名同志被炸伤,伤势最重的陶迅腹内大出血。

4月22日拂晓,陶迅的入党介绍人李干赶来看望。躺在担架上的陶迅奄奄一息,用尽全力撕下"中国人民解放军"的胸章递给李干:"给你留个纪念吧!"

疼痛无情地折磨着他,大滴大滴的汗珠从陶迅的额头滚落。他一面咬牙强忍着,一面不忘自己的责任和使命。他用颤抖的声音断断续续地问李干:"我算不算完成任务?"得到肯定的回答后,他终于松了一口气。

"把我的一切交给党。"在生命的最后时刻,陶迅向李干嘱咐,"把我口袋里的钱,当作最后一次党费。"

(摘自《读者·庆祝中国共产党成立100周年特刊》)

家在玉麦

李成业　崔士鑫　张晓明　梁　军

玉麦乡，隶属西藏自治区山南市隆子县，是我国人口最少的行政乡，截至 2017 年年底，全乡共有 9 户 32 人。但是在中国的数万个乡镇中，玉麦又是如此之"大"：玉麦乡全乡境域面积 3644 平方公里，实际控制面积 1987 平方公里，相当于内地一个普通县；而桑杰曲巴与两个女儿卓嘎和央宗孤独而执着地坚守着，成为雪域边陲的国土守望者，体现了另一种大爱。当这种坚持历经岁月和冰霜的淬砺，沉淀下来的是浓浓的家国情怀。

从拉萨往东南方向行驶大约 400 公里，便到达山南市隆子县县城，从县城到玉麦乡还要走大约 200 公里的土路。

与西藏大部分地区的干燥和缺氧环境相比，海拔 3600 多米的玉麦可以称得上是"世外桃源"：印度洋暖湿气流为这里带来了充沛的雨水，这里草木茂盛，空气清新，处于千百年来形成的原始森林区。

尽管有着湿润的空气和充沛的雨水，但这里一年四季日照条件不好，使得这片原本富饶的土地上不怎么长庄稼。"连土豆都只有这么大。"副乡长兼医生扎西罗布伸出大拇指比画着。

每年11月至次年5月，大雪封山，将玉麦与外界隔绝。在这大雪封山的7个月时间里，玉麦仿佛真正成为与世隔绝的"世外桃源"。

乡民必须在11月之前到山外采购7个月的口粮。在2001年玉麦通公路之前，他们必须赶着马队穿越一片沼泽遍布的原始森林，翻越海拔5200多米的日拉雪山，再走过一个陡峭的山谷，走完47公里的羊肠山道，才能把粮食运到玉麦。

当卓嘎和她的妹妹央宗谈起当年搬运粮食进山的过程时，她们的眼眶里闪着泪花。卓嘎哽咽地回忆起当时的痛苦经历："每年11月之前，我们家都是父亲从隆子县把物资运到日拉雪山下的曲松村，然后赶着10匹马，用5天的时间翻越日拉雪山，才能把7个月的口粮运到玉麦乡，这期间经常有马匹跌落到深不可测的玉麦河谷。这些痛苦的事情，想起来就想哭。"

卓嘎介绍说，历史上玉麦乡规模最大时有20多户300多人。随着西藏民主改革的进行，高原大地发生了翻天覆地的变化，许多地方都通了公路，生活、生产条件迅速改观，玉麦的住户也陆续迁出交通闭塞的玉麦，去过更好的日子。

到1962年，玉麦只剩下包括桑杰曲巴在内的3户牧民。之后，曾经有一批又一批的人来过玉麦，但都忍受不了大雪封山后的孤寂，又一批批地搬出去了，除桑杰曲巴外的两户牧民也相继搬走了。1983年，考虑到生活上的困难，政府将桑杰曲巴一家人搬到山外条件较好的隆子县三林乡曲松村。

但是在曲松只住了3个月，桑杰曲巴又带着家人回到割舍不下的玉麦。一直到1996年，政府为玉麦派来一名医生兼副乡长扎西罗布；1997年，又有两户人家在政府的倡导下从曲松村迁到玉麦，这里才渐渐热闹起来，直到今天的9户32人。

"人多乐趣也多，不再像以前那么孤单了。"卓嘎说。

在与世隔绝的"世外桃源"，玉麦人绽放着勃勃的生机。卓嘎特别爱笑，牙齿白白的，眼睛黑黑的，有着藏族人民特有的憨厚和纯朴。在日拉雪山半山腰夏季牧场的临时住所里，卓嘎为家人准备着午餐，架在用石头砌成的简易炉灶上的锅里正煮着米饭，旁边煮着酥油茶。不一会儿，一壶热气腾腾的酥油茶就煮好了。喝着酥油茶，听着丈夫巴桑仔细地数着自家的牦牛，卓嘎笑得特别开心。

玉麦乡人大专职主席索朗顿珠与这个小天堂里的小世界有着特殊的渊源。在玉麦乡还属于山南地区隆子县扎日区时，索朗顿珠便是扎日区的负责人。1999年，撤销扎日区，在保留原玉麦乡行政区划的基础上成立了现在的玉麦乡。

据他介绍，从1983年到1995年，玉麦乡只有当时的乡长桑杰曲巴和他的两个女儿卓嘎、央宗一家三口孤独地守望着这片土地——孩子们的母亲于早年病逝。

这12年里，桑杰曲巴一家三口与大山为伴，桑杰曲巴常对卓嘎和央宗说："如果我们走了，这块国土上就没有人了！"

这句话，两个女儿记了一辈子。

岁月如同日拉雪山，铭记着每一段历史；时间如同玉麦河，经久不息地流淌着。如今的玉麦乡，已是"人丁兴旺"。

已故乡长桑杰曲巴的两个女儿卓嘎和央宗相继分家立户，是玉麦的"土著"；从1997年起，扎西曲杰、次仁措姆夫妇，白玛坚赞、娜贡一家在政府的动员下相继搬迁到玉麦。两个家庭在这里开花结果，生儿育女。如今，这里已经有9户人家。

最美的花总是开在悬崖上，玉麦人就是这样的花。在方圆1987平方公里的国土上，每一个玉麦人都是国家的坐标。

玉麦人从生活在这片土地的那一天起，肩上就比其他人多了一份沉甸甸的责任：我是中国人，我的任务就是守卫祖国的疆土。

卓嘎、央宗姐妹至今还清晰地记得，她们小时候十分渴望大山外的世界，几次央求父亲："到山外去吧！"

父亲总是说："不能走。这是国家的土地，我们不能走。"

作为玉麦乡第一任乡长，桑杰曲巴时常要去山外开会。开完会回到玉麦，他便第一时间叫来他的两个女儿卓嘎、央宗，告诉她们外面的变迁。

卓嘎回忆起小时候的生活，总显得特别自豪。有一天，父亲翻箱倒柜找出一块红布和黄布，姐妹俩以为父亲是要给她们做新衣服，欢天喜地。"父亲以前学过裁缝。"卓嘎说。

大约过了一两天，父亲把做好的"衣服"给她们，可是没有袖子，怎么也穿不上，只看到一块红布上缝了5颗黄色的五角星。她们正纳闷着，不知道这是什么。

只见父亲找来一根竹竿，把"衣服"挂在竹竿上，郑重地插在屋顶上。

父亲庄重地对姐妹俩说："这就是五星红旗。"

这一天，玉麦乡的3位公民，久久地凝视着这面国旗；这一天，桑杰曲巴亲手制作的五星红旗在玉麦乡迎风飘扬。

在姐妹俩的记忆中，父亲总共做过 10 面五星红旗。后来，随着经济的发展，父亲也不再亲手缝制了，外出时总会买上三五面五星红旗。姐妹俩发现，买回来的红旗与父亲缝制的红旗，除了大小不一样外，几乎没有什么区别。

迎风飘扬的五星红旗，让大山里的姐妹俩从小就懂得什么是国家。国家，就是五星红旗；国家，就是脚下的土地。她们从小就懂得，守护脚下的土地，就是守卫国家。

从此，大山深处除了有鸟鸣和水流的声音，还时常传来两个女孩的歌声。她们为自己歌唱，为父亲歌唱，为他们守护的土地歌唱，为祖国歌唱。

父亲的爱，注入女儿的血脉。

1988 年，桑杰曲巴老人退休，女儿卓嘎接替父亲，担任玉麦乡乡长。这一当，就是 20 多年。这 20 多年，是玉麦乡变化最大的时期。

随着国家的强大，这片土地日新月异。

2001 年，桑杰曲巴最大的心愿实现——政府修通了玉麦通往山外的公路。

"父亲沿着这条公路，去了一次拉萨。"卓嘎说。

这一年，老人没有留下任何遗憾，安详离世，享年 77 岁。

卓嘎至今仍清楚地记得，父亲临终前对她说的一席话："如果我们走了，这块地方就没有人了，中国的地盘就会变小。"

老乡长的一生，被定格在这片方圆 1987 平方公里的土地上。这里很大，大到堪比一些国家的面积；这里很小，小到只有 9 户 32 人。然而，他对祖国的忠诚和家乡土地的热爱，却跨越整个雪域高原。

"这里是中国的土地，祖国的土地要由我们自己人来住。"老阿妈用最朴素的语言表达玉麦人的共同信仰。

随着人口的增多，从1999年起，玉麦乡开始在一些重要的日子举行庄严的升国旗仪式。

卓嘎说："看到国旗就想起祖国。"

"留在这里就是在守卫我们的国土。"扎西罗布说。

没有人记得从哪一年开始，9户人家的蓝色屋顶上除了经幡，还挂上了鲜艳的五星红旗。

卓嘎说，挂经幡只是为自己一家人祈福，而挂国旗是为所有的同胞祈福。只有祖国繁荣富强，藏族同胞才能过上更加幸福美满的生活。

让卓嘎、央宗姐妹俩欣慰的是，央宗的儿子索朗顿珠，作为玉麦乡历史上第一个大学生，从西藏大学本科毕业后，主动报考了乡里的公务员。伴随他的，除了皑皑雪山，还有一片壮志和豪情。索朗顿珠说："家是玉麦，国是中国。我愿意像外公和母亲一样，成为守护这片土地的一员。"

守望着玉麦乡方圆1987平方公里的9户32人，有一种发自内心的神圣责任感。

因为他们知道，玉麦的每一个人都是国家的坐标；因为他们知道，守护土地，就是守护国家；因为他们知道，留在这里就是在守卫我们的国土。

（摘自《读者》2018年第6期）

永远的守望

何建明

天山之北，戈壁如海，一眼望不到边际。戈壁上的风沙很大，汽车奔驰其上，像一叶小舟在大海中漂流……

那座山，叫北阳。在它脚下那片光秃秃的乱石旁，我们举起右手相互敬礼，然后紧紧握住彼此的手——这是战友间的见面礼。

"你也是76年的兵？"

"不，77年的……"

差不多，差一年入伍，我们算是真正的战友。

他笑着说起了入伍时的经历："我是陕西人，当时家里特别穷，我就像杨柳抽条似的往高长，身高够了，但体重不足。在体检现场，我跑到一口井边咕咚咚地猛喝凉水，恰巧被接兵干部看到了。他问我为啥喝那么多水，我就实诚地回答体重不够。他拍拍我的肩膀，又问我为什么想当兵。我说，我要保家卫国。听后，他点了点头。"

1977年，他从陕西到了现在他家所在的地方——地处祖国边陲的新疆沙湾，成了一名士兵。6年后的1983年，他退伍回到老家，次年与本乡的一位姑娘结了婚。

蜜月刚满，他对新婚妻子说："我想回老部队那边。部队驻地附近的村上有一对无儿无女的老人，我在部队时经常带着学雷锋小组的人去照顾老人家，现在离开了，总觉得心里不踏实。更重要的是，山窝窝里有7座烈士墓也缺人照看……"

"那你早去早回，我在家等你。"妻子说。

他看着妻子，不说话。

"咋了？是要去好些日子？"妻子问。

他摇摇头，终于开了口："不是我一个人去，是带着你一起去。我们一起在那里住下，在戈壁滩上安个家……"

没有出过远门的她不知道戈壁滩是啥样，只想着要真去了就该有个自己的院子，有片自己的地，好种田，好生养娃，于是说："那能不能垦块地，稍大一点儿的？"

听了这话，他高兴地说："能，我保证，很大。你要多大，我就给你圈多大！"

她脸一红，说："好，我跟你去。"

就这样，小夫妻背着一床新婚棉被和4个装着生活用品的麻袋，从陕西老家来到天山北边的沙湾县卡子湾村。那天到的时候天已黑，他带着妻子来到一个用土墙围着的小院子前，对她说："到了，跟我进去见爹娘。"

"咋，你在这里也有爹娘？"妻子十分诧异，忙问。

他笑了，解释道："这家的犹培科大伯和张秀珍大妈没有孩子，以前我在部队时经常利用星期天带着学雷锋小组到他们家帮忙做些事情，两位老人就认我当干儿子了。你是我的媳妇，跟我进去一起叫声'爹娘'吧！"

在陌生又遥远的地方，有"爹娘"可叫，便能体会到一丝家的温暖。

第二天一大早，她就扯着他的衣襟，轻声说："走，看看咱家的地去……"

"行。"他领着妻子往后山走。

"这山上不像咱们家的黄土地，咋不生一根草苗苗、一根树枝枝？"她奇怪地踢着地上绊脚的石子问。

他说："这就叫戈壁沙漠。风大的时候，能把这些石子吹得飞起来。"他捡了块拳头大的石块说。

不好，沙尘暴来了！他拉起她的手，迅速躲到一处山窝里。他们的脚步刚刚落定，整个天空便像被一口锅倒扣着罩住了，天色暗下来，狂风挟着地面上的沙石，恣意摧残着大地。一块飞来的石头击中她的脚板，疼得她一下子瘫坐在地上，哭了起来，眼泪如断了线的珠子不停地落下来……

"你不是要看咱家的地有多大吗？起来，我带你去看看。"他连哄带骗地扶起她，朝已经平静了的戈壁深处走去。

他指了指漫无边际的广袤大地，像个拥有万贯家产的人，自豪地说："只要你不怕双脚累，凡是你能跑到的地方，都可以是你的地、你的田……"

"我不要，我只要一块能种菜、养鸡的地。"她说着，眼泪又落下来。

他一把将她驮在背上，说："好好，依你，等咱们看完我的战友们就全都依你啊。"他驮着她吃力地往北阳山的另一面走去……

她抹干泪,问他:"你的战友们在哪儿?为啥一定要去看他们?"

他一边喘着粗气,一边细细道来:"他们7个人都没结婚,一直躺在这么遥远偏僻的地方,平时只有我们一些战友来看看他们。如果我再不来守着他们,他们该多么孤单啊……"

她叹了口气,问:"他们为什么会牺牲在这里?"

他语气沉重地说:"都是为了保家卫国、戍守边疆而英勇牺牲的,都是烈士。"

走着走着,他突然停下了脚步,怔怔地望向山脚下……他猛地将她一放,飞奔向那片刚刚被风沙"扫荡"过的乱石滩。

她远远地看着,只见他疯了似的用手将几个被风暴吹得七零八落的坟茔重新垒起。"对不起啊,战友们,我来晚了。我向你们检讨!我保证,从现在起,我再也不离开你们了,我保证不让你们再被风沙摧残……"

这是她第一次看到他流泪,她似乎有些明白他的心事了。她走过去,蹲下身子,像丈夫一样用双手捧起一块块石头,轻轻垒在坟茔上……慢慢地,他笑了,向她投来感激的目光;她也笑了,向他投去理解的目光。

就这样,他们将小家安在了这片戈壁滩上,留在了这7位战友的身边……

我们现在应该知道他的名字了。他叫张秋良,一位为战友守墓近40年的老兵。

我见到张秋良的时候,除了家门口开设的"老兵驿站"和身上那套旧军装让他显得有些与众不同,单从外表上看,他已完全成了一个沙湾人:黝黑的皮肤,已经明显驼塌的腰板,以及一口纯正的当地方言。犹培科大伯与张秀珍大妈分别由他赡养9年和13年后去世。

"我来的那一年,我的老部队撤编了,这几座烈士墓也就没有人看管了。我觉得应该承担起这份守护战友的责任,就开始做烈士墓的义务守护人……"这一守就是近40年。

看着张秋良家简陋的陈设,我几乎能猜出这几十年他们是如何过来的。

在偏远的戈壁沙漠上安个家不容易,而要义务管理一片烈士墓地,对张秋良一家来说,要面对的困难就更多了。

"收入靠什么呢?"这自然是我最关心的事。

张秋良向我伸出手,然后一展双掌,笑了:"就靠它们。我没有学过其他手艺,只会打土坯,就是家家户户垒墙的土坯砖……年轻时一天能打1300块左右,一天挣上五六块钱,现在年岁大了,也能打1000块左右。"

听着他的话,我的眼前立即浮现出一位复员老兵挥汗打土坯的身影,从青春到年老,日复一日地劳作,只为了完成心中那一份承诺。

风雪交加的春节,张秋良带着烟酒食品到战友墓前和他们一起过节;每逢清明节,他都会到战友墓前,代他们的亲人祭扫;骄阳如火的"八一",他带着军旗来到墓前,为战友们唱起嘹亮的军歌。

这些事,是张秋良和家人年复一年必做的。不论寒暑,无惧风雪,从未停歇。他外出不在家时,他的妻子和孩子也会按时去墓地替他完成。

"我守护的这几位烈士,都牺牲在我入伍前后不久的时间里,全都是20岁左右。他们中有陕西的,也有从四川、江苏、山东和河南入伍的,都没成家。没有与其他6位烈士安葬在一起的谷克让烈士,是位班长,1976年入伍,牺牲时只有20岁。他用生命保护了8名战友。谷克让的事迹,我在跨进军营时就知道,而且被深深地感动了。日久天长,我一直有个愿望，去看望一下烈士的亲人。"

一次回老家陕西探亲，张秋良通过战友提供的地址，找到了陕西籍烈士胡咸真的家，见到了胡咸真的母亲。当时，胡咸真的母亲已经70多岁，因为儿子的牺牲，她的双眼早已哭瞎。当张秋良坐到胡咸真母亲面前时，双目失明的老人用颤巍巍的双手不停地抚摸他的脸："儿子你总算回来了，娘想你啊！"说着，老人便号啕大哭起来。

"克让娃啊，娘来看你了……"2019年9月8日，西北边陲的戈壁滩上秋风瑟瑟，谷克让烈士89岁的母亲由张秋良和几位沙湾老乡抬着来到儿子的墓地。那场景，张秋良至今难忘："满头白发的老人家把脸久久地贴在儿子的墓碑上，喃喃地说'娘死了就来陪你'，现场的人没有一个不掉眼泪的……"

"孩子，我给你磕个头……"祭奠完，谷克让的母亲一边抹泪，一边感激地拉住张秋良夫妻的手往下跪。

"使不得！大娘您快起来……克让班长是我的战友，更是我的哥哥，我们一家人不说两家话啊！"张秋良赶紧扶起老人家。那一刻，他和烈士的亲人们，成了真正的一家人。

如今，张秋良的家已经是远近闻名的"老兵驿站"，他不仅负责接待7位烈士的亲人，更多的是接待那些认识或不认识的、来自全国各地的战友、朋友。

近年来，当地的退役军人事务部门在关爱烈士方面发挥了越来越重要的作用。守护那个烈士墓地的人也不再是张秋良一个，他的大儿子如今成了第二代守墓人……

"逢年过节为烈士战友扫墓的事，我必须去。"采访他的那一天，他带着我这位老兵，徒步来到烈士墓前，我们一起向长眠在此的烈士敬献了鲜花并三鞠躬。

　　转过身，我见张秋良跪在地上，虔诚地整理着每座烈士墓……近40年了，他仍像第一次做这件事时那样毕恭毕敬、一丝不苟。

　　我的双眼不由自主地模糊起来。

（摘自《读者》2022年第18期）

诗意飞翔

金良快 刘金海 方 欣

诗 意

2023年2月4日，立春。晨光熹微，一切都感觉如此柔软，CZ6321航班划破晴空，直冲云霄。

"'律回岁晚冰霜少，春到人间草木知。便觉眼前生意满，东风吹水绿参差。'大家好，我是南航机长马保利……立春是二十四节气之首。立，是开始之意；春，代表着温暖、生长。立春揭开了春天的序幕，是万物复苏的开始……"这是《2023中国诗词大会》冠军马保利夺冠后的首飞，而像这样充满诗意的问候，他已经坚持了近5年。

2018年10月，国庆长假过半。广州至大连的航段，秋高气爽，能见度非常好。作为飞行员，见惯了好天气的马保利也忍不住多看几眼。航程近半，飞机抵临浦东上空。长江入海口，烟波浩渺，打开了马保利的心扉。

恰巧此时，乘务长来电说，有乘客询问飞机当前的位置。多次飞越此处的他思考片刻，拿起话筒，道出无限感慨："女士们、先生们，下午好，这里是机长广播。我们现在已经飞至上海区域，坐在飞机左侧的旅客可以从左侧窗看到长江的入海口，长江从这里流入东海，不由得让我想起古诗《长歌行》中的诗句：'百川东到海，何时复西归。少壮不努力，老大徒伤悲。'中国的地势西高东低，河流自西向东入海。孔子说：'逝者如斯夫！不舍昼夜。'告诫我们要珍惜时间，像美好的国庆假期一半转瞬就过去了。

"坐在飞机右侧的旅客可以从右侧窗看到一望无际的太平洋，中国古代最可爱最豁达的大文豪苏东坡先生曾经慨叹：'寄蜉蝣于天地，渺沧海之一粟。'我喜欢看海，它可以让我的内心变得更加平静。很荣幸和大家一起飞行，祝愿我们每一位旅客都能热爱生活，享受旅程。谢谢！"

即兴的广播，满满的诗意，引得乘客们纷纷望向窗外，一睹此刻的神州风景。"乘务长后来反映说，第一次看到乘客这么配合地左右转头，一起鼓掌。"谈起当时的情景，马保利不禁开怀大笑。"诗意"赋予了"行万里路"的工作更丰盈的意义。

作为一名机长，在跨越山海的飞行途中，山高海阔的场景常令马保利感慨祖国大好河山的多姿多彩。"不读书的话，我可能只会赞叹'山好高''海好宽''云朵很厚'。"马保利笑着表示，读书以后，景色在他眼中呈现出层次，让他思考如何用凝练优美的语言让画面生动鲜活起来，再用贴切的诗词把所观所想分享给更多人。

多年来，即使在飞行最忙碌的日子里，这位诗意机长仍然不忘重温经典诗词，充满"诗情画意"的特色广播给旅客留下了深刻的印象。

诗　缘

1988 年，马保利出生在江苏徐州一个"以渔耕为业"的小村庄。谈起与中国传统文化的结缘，马保利回忆起喜爱诗词和画画的父亲。

他说，父亲时常在家中的白墙上，用铅笔"画"下一些诗词，《天净沙·秋思》《枫桥夜泊》等幽深唯美的诗句和画面给年幼的他留下了深刻印象。从小耳濡目染，父亲给马保利埋下一颗爱诗的种子，引导着他踏上寻诗觅句之路。

上了小学，一位年轻的乡村教师担任班里的语文老师，给他的小学生活注入新的活力。彼时正值《三国演义》改编热，语文老师便趁着学生兴趣正浓的劲头，在黑板上写下《念奴娇·赤壁怀古》和《临江仙·滚滚长江东逝水》，带领学生品味"大江东去"和"浪花淘尽英雄"中波澜壮阔的历史。"我们刚学了《赤壁之战》，语文老师带着我们齐声背诵这两首词，现在想起这个场景仍然让我心潮澎湃。"

随着接触诗词的数量增多，马保利越发觉得自己好像有个特长——在脑海中给诗词配上画面。"白发渔樵江渚上，惯看秋月春风"，每每读到这一句，马保利便觉得眼前出现了儿时家乡的景象：大运河畔有些村庄屋落稀疏，每隔五十米、一百米会有一两家渔民的房子，老渔民带着家中小孩坐在岸边闲聊，架锅烧水，春去秋来，月落又升，恰如词中所描绘的场景。

如果不是因为少年时"遇见"飞行，马保利说自己会学文科，做一名老师。2003年,电视剧《冲上云霄》热播。剧中机长的豪情壮志,给正在上中学的马保利带来了深深的震撼。少年马保利于漫漫征途之中重新选定了他的人生方向:"飞行将给我行万里路的机会,读万卷书则可以让自己的灵魂匹配飞行的速度与高度。"

为了当飞行员,马保利选了理科。2007年,凭借着刻苦学习和一腔热爱,马保利顺利考取南京航空航天大学飞行技术专业。2012年,马保利入职中国南方航空大连分公司。经过不懈努力,2016年,28岁的他升任机长,4年后成为飞行教员。

时至今日,繁忙的工作没有让他放弃对传统文化的热爱,手不释卷让他更加深入地观察这个世界。每次飞行,马保利都要在飞行箱里放一本书,飞到哪儿读到哪儿。

"当下生活与工作节奏都比较快,而且内容千篇一律——忙。人们很少能够静下来去观察这个世界。"马保利说,"当我们用慢节奏去过日子,去体会飞行工作的时候,反而会发现新的观察角度。"

诗　路

2018年,马保利许愿要"看大世界"。第二天,他就填写了《中国诗词大会》第四季的报名表。"山重水复疑无路,柳暗花明又一村。"马保利引用陆游的诗句来形容这几年的变化。2018年至今,马保利每年都关注并参与《中国诗词大会》的活动,并不断取得进步,得到新的收获。

2023年2月3日夺冠后,亲友向马保利发来祝贺。

第四季季军选手靳舒馨描述这位昔日对手兼好友为"谦谦君子",并表示:"也许对观众来说,诗词大会是一场比赛,选手们去参加都是为了比个高下，实际上，在我们看来，这是一场无比愉快的旅行，看着其他人也如此热爱诗词，是一种很愉快的体验。"

马保利觉得这话说到了自己的心坎上。他没有将节目视为"大赛"，而是觉得《中国诗词大会》是一场"大会"，是以诗交友的"因缘际会"，是领略诗词笔墨奇光异彩的机会。

没想到，第四季节目的结束对马保利来说只是个开始。在被评为人气选手后，他又以预备团团长和出题人的身份相继参加了第五、六季《中国诗词大会》。他笑着说："我甚至觉得，每年不参与《中国诗词大会》，就像过年没吃饺子。"

这个赛季他又多了一个身份——女儿的亲友团。

"参加今年的《中国诗词大会》，其实是作为亲友团想给女儿圆梦。"马保利提到第一次参加《中国诗词大会》后，女儿在学校发表演讲时，说她的梦想是到北京参加《中国诗词大会》，这让马保利有些意外。"女儿应该是为我感到骄傲，才会说出这样的梦想。"看到两个女儿在自己的影响下也渐渐爱上诗词，马保利很自豪。

通过诗词大会，他在生活中能接触到更多相互学习和交流切磋的诗友，也为四处奔忙的飞行工作带来更多幸福。

诗　心

"中国是一个诗的国度，中国人都有一颗诗心。"这句话，马保利说给他人，也讲给自己。在生活中，马保利的"诗心"，是和妻子一同喝茶看书，静下来对饮，感受宋人李清照赵明诚夫妇的"赌书泼茶"；是家中父母带着两个小孙女在院子里种瓜种菜，体验"也傍桑阴学种瓜"，感受辛弃疾笔下《清平乐·村居》的岁月静好；是闲暇时全家一起出行，去山水之间，去寻"山寺桃花始盛开"、去看"桃花流水鳜鱼肥"、去听"空山松子落"……

马保利自嘲是个"特立独行"的人，平日里不抽烟不喝酒不打麻将，日常的休闲娱乐活动不是喝茶就是读书。除了处理工作，他和妻子几乎不会在孩子面前玩手机。"我的小女儿经常向别人'抱怨'我整天在家就知道看书喝茶。老师留日记作业，她的同学可能会写家长打麻将、看电视，我女儿写的是爸爸一边教她泡茶一边教她背古诗。"说到这里，马保利很是欣慰。

相比于人流往来的闹市，马保利和妻子更喜欢安静的山水，风光旖旎的大自然就成了一家人假期最常去的地方，在触景生情的地方吟诗作对成了一家人的娱乐活动。

有一次，马保利的小女儿走到一棵松树下，大女儿说："爸爸妈妈，你们看妹妹站在那里，像不像'松下问童子，言师采药去'的场景呀？"听到女儿的描述，感到一阵惊喜的马保利回答："对，爸爸是想到了这句诗。我还想到一句，'空山松子落，幽人应未眠'。"两个女儿没有听过这句诗，他便解释道："有一个人很想念他的朋友，晚上在山里散步的时候听到了松子落下的声音。为什么能听到这么细小的声音呢？""因为晚上很安静。"跟随着爸爸的描述，女儿仿佛身临其境。"是的，晚上很安静，作者想念着他的朋友，可能他的朋友也在思念着他，就像你很想念你的好朋友一样。"

带着诗意工作，飞行中的"诗心"是马保利汲取力量的源头。"我是一名机长，我们的首要责任是保证飞行安全。"飞行安全靠什么来保证？要靠"古人学问无遗力，少壮工夫老始成"的不断学习；要靠"纸上得来终觉浅，绝知此事要躬行"的身体力行；还得加上"临事而惧，好谋而成"的严谨作风。"这是我从中华优秀传统文化中汲取的力量。"

作为一名飞行教员，经常有学员问他："哪本手册最重要？""应该先读哪本手册？"彼时他就引用宋朝理学家朱熹的诗句来解释："问渠那得清如许，为有源头活水来"是质变，"昨夜江边春水生，蒙冲巨舰一毛轻"是量变。他告诉他的学员，每一本飞行手册都很重要，而且手册之间都有关联，比起先读哪一本，更重要的是先让自己能拿起一本读下去。

传统文化给了马保利看待工作的新视角，让他明白"飞行不仅要有高度和速度，还要有温度和气度"。儒家所提倡的"修身齐家治国平天下"，在马保利看来就是跟上时代，活在当下，做好自己。"儒系"，是他给自己创造的词，用以区别职场中的"佛系"和"躺平"。"社会每一天都在变，我们能把握的就是不断学习，努力应对社会的变化。"马保利说，在更远的未来他会思考如何讲好中国传统文化，希望在生活和工作中影响更多的人，做一名有诗常在心中的"儒系飞行员"。

CZ6321航班上，诗意渐浓。空乘人员带领旅客在立春时节体味诗词中的盎然春意。结束了与乘客互动的马保利认真地注视着仪器仪表的运行情况。机舱外，风光如画，万里江山。

（摘自《读者》2023年第14期）

万里归途

小 乔

1

2011年2月21日，宁波华丰公司总部接到一通电话：他们驻利比亚的一个项目部被持枪暴徒洗劫，情况十分危急，请求总部将项目部员工迅速撤回国内。放下电话，公司马上联系民航，希望能得到帮助。就在此时，他们得到一个好消息：国家已经启动撤侨行动。

第一架民航包机将在23日出发，同时还有其他交通工具驻守在利比亚附近海域，随时准备接人撤离。然而，就在总部打算把这个好消息告诉项目部时，却发现电话怎么也打不通了。滞留当地的936名员工全部失联，生死未卜。

此时，在万里之外的利比亚，项目负责人倪永曹心急如焚。就在3天前，员工们还有说有笑地度过元宵节。结果短短几天，利比亚政局突变。暴徒们走上街头打砸抢烧，无辜民众死伤无数。此前，他已通知项目部全面停工，员工们全部待在厂区里不得出门，以保护自身安全。然而，暴徒还是来了。他们带着刀枪进入厂区大肆抢劫，有年轻气盛的员工想阻拦，很快就被暴徒用枪抵住脑袋。不仅如此，暴徒们还引火烧厂，整个厂区瞬间成了一片火海。

看到这种情况，倪永曹心里明白，再这样下去，大家的生命安全难以保证，后果不堪设想。于是他产生了一个念头：带大家逃跑！

经过分析商讨，他们有两条路可选：一个是去往1000多公里外的利比亚首都的黎波里，那里没有被战火波及，比较安全；另一个是去200公里外的班加西，那是个港口城市，可以从那儿坐船离开。

为了摸清情况，倪永曹派出两拨人去探路。可没想到，探路的人竟然连城市都没走出去就回来了。因为他们刚一出发，车就被路上的暴徒抢走了。

坐车走显然行不通，要去1000公里外的首都更是成了奢望。倪永曹左思右想，心一横，做出一个决定：带领全项目部936人穿越大沙漠，徒步去往班加西。

那荒无人烟的沙漠，此时却成了他们回家唯一的希望。于是大家纷纷轻装上阵，这个近千人的队伍，浩浩荡荡地出发了。

不只华丰公司，此次暴乱中，在利比亚的中资企业，"中交""中建""中铁""中水"，都没能幸免。有的公司与暴徒发生激烈冲突，员工们挖战壕，投掷石块和钢筋来驱赶、抵御前来抢劫的暴徒。一时间，这些滞留在利比亚的中资企业工作人员，遇到了前所未有的危机。

此时，沙漠里的华丰员工们也陷入困境。夜晚来临，沙漠中变得异常寒冷。为了保存体力，他们的行李非常简单，几乎没有人带御寒的衣服，所带食品也很有限。长途跋涉使人体力透支，而队伍里还有70多名妇女，以及一个刚出生15天的婴儿。大家再也走不动了。

就在几近绝望的时候，附近一个农庄的人说愿意收留他们。一开始，倪永曹比较警惕，不敢答应。面对他的顾虑，老庄主亲自来对他说："你现在应该做的是让所有中国人吃好喝好，安全我来保证……如果有子弹射过来，我会用自己的身体去挡。"

听到他这样说，倪永曹非常感动。他也明白，员工们的体力消耗已到极限，夜晚露宿沙漠，很有可能因失温而被冻死。这些人就在农庄安顿了下来。农庄里的人很热情，每个家庭都捐出食物、衣服等必需品。他们心中怀有一种淳朴的情感，觉得中国人来帮助他们建设祖国，却遭此劫难，心里过意不去。然而对这个近千人的队伍来说，这些帮助十分有限。最困难的时候，倪永曹他们每个人每顿只能吃上半个面包。

身体上的苦还好说，最难受的是心理上的绝望。由于通信讯号时断时续，无法及时与外界取得联系，他们不知道前路还会遇到什么，不知道国家知不知道他们现在的情况，甚至不知道自己还能不能回家……就在绝望之时，一个员工突然接到家里打来的电话。这个员工的家属自他失联以来，一直没有放弃打电话，这一刻终于接通了。在电话里，大家得知国内已经成立了救援小组，救援力量正在赶来的路上。这个消息让所有人振奋，他们终于又有了希望与力量。

2

接到大使馆对利比亚暴乱的汇报电话后，外交部领事司司长黄屏立刻意识到事态的严重性。他要求大使馆火速确定中国公民在当地的位置，随时准备撤离。随后，他一边上报情况，一边抓紧时间收集各种信息。

当时共有3万多名中国公民在利比亚，如此庞大的数目，撤侨行动应该如何开展？从哪儿撤？怎么撤？和谁协商？怎么调动各部门工作人员？需要多长时间才能把所有人撤出？撤出来的人员如何安排？需要动员多少人力财力？万一期间有人出意外怎么办？

每一个环节都要迅速而清楚地决断。就在此时，中央发来指示："不惜一切代价，要将滞留在利比亚的中国同胞全部安全撤回国内。"

随后，民航局、交通运输部、商务部、财政部、中国气象局……全部加入以配合撤侨行动。经过紧急商讨，一个海陆空三线并行的庞大撤侨计划形成了。海路方面租用邮轮，从的黎波里和班加西两个港口接滞留同胞撤离；空路计划从塞卜哈、的黎波里等机场包机撤离；陆路则是在埃及、突尼斯等边境租用大客车接人，再转运至相应机场包机回国。

中央及各地迅速成立工作组，所有人两班倒，24小时值班。至此，一场前所未有的撤侨行动开始了！

由于事发突然，与相关国家的沟通协商成了首要任务。中国驻希腊大使罗林泉，在21日凌晨接到中国外交部的电话。外交部询问了能否租用邮轮，没有申根签证能不能进入希腊等问题，同时要求他尽快给出答复。挂了电话的罗大使马上致电希腊总统府，请求借道希腊撤侨，并且承诺把所有撤至希腊的中方人员接运回国。不到3个小时，希腊政府便给出回复，同意了中方的请求。

与此同时，撤侨行动的其他环节也在紧锣密鼓地进行。可是，计划还是没有变化快。

首先是与中国签订包机协议的埃及民航突然撕毁合同，声称飞机已被国内战事征用，不能前往利比亚的塞卜哈机场接中国人。塞卜哈被沙漠环绕，想走出去，包机是唯一选择。此时，那里还有5000多名中国人在等待救援。到哪里去找飞机呢？

其次，由于仓皇逃难，很多人的护照都丢失了。在通过希腊、突尼斯、埃及等国边境的时候，他们无法证明自己的身份，对方完全有可能拒绝他们入境。

各种困难如潮水一般袭来。参与救援的每一个人，都在与时间赛跑，面临着前所未有的挑战。

3

为了让丢失护照的中国人顺利回国，大使馆连夜赶制了上百份回国证明，但还是远远不够。

此时，在利比亚与埃及、突尼斯的边境有大批难民，他们来自各个国家，其中有中国的侨民，也有其他东亚、东南亚国家的人，大家都想离开。本来为了安全起见，埃及和突尼斯封锁了边境，后来在中国政府的交涉下允许中国人入境。那么问题来了，没有护照、没有回国证明的人，怎么证明自己是中国人？

使馆工作人员灵机一动，提议会唱中华人民共和国国歌的就是中国人，可以放行。于是，在距中国一万多公里的土地上，《义勇军进行曲》被一遍又一遍地唱响。

与此同时，在埃及民航失约后，中共中央和中央军委迅速做出决定：派空军去！一定要把中国同胞安全带回来。

4架伊尔-76运输机接到这个紧急任务。在场的飞行员没有一个人去过塞卜哈机场，那里的天气如何？机场周围环境什么样？没人知道。并且这一路上，他们需要飞经5个国家的领空，需要一个一个去协调。但时间不等人，他们必须马上出发。

在飞机离开乌鲁木齐机场的时候，他们只拿到第一站巴基斯坦的许可。剩下的国家态度如何，都是未知数。直到飞机进入巴基斯坦后，飞行员们才得到通知：其他国家也都允许通行。此时，他们悬着的心才放下。

由于运输机上没有座位，飞机起飞前，飞行员们还紧急加装了座位和简易厕所，希望撤离人员坐得舒服些。并且，每架飞机都设法多拉了25个人。就这样一趟又一趟地来回飞，滞留当地的中国同胞一个不少地被带回了祖国。

运输机需要从机尾进去。飞行员们特意在机尾挂起一面很大的中国国旗，抬头就能看到。撤离的同胞们，在经历动荡不安后，看到中国的飞机和国旗，很多人激动得哭了出来。当机长说出"我们现在进入中国的领空，我们已经回家了"时，机舱内掌声雷动。

那些进入沙漠的华丰员工，在与祖国取得联系后，也终于抵达班加西港口，坐上了回家的邮轮。上船之后，望着那让他们心惊肉跳的土地渐渐远去，他们感慨万千，发自内心地喊了出来："祖国万岁！"

至此，275小时，3万多名中国同胞全部被接回了家。

一位叫冯克荣的中国水电二局工人，一下飞机就长跪在地，久久地亲吻祖国的土地。

4

了解这些再回头看，这不仅是一场史无前例的跨国大救援，也是一次人民与祖国的双向奔赴。

根据安排，当时有6000多名中国公民在撤出利比亚后，需要在希腊克里特岛暂住。后来上岛人数过万，远超预期。这么多人，仅靠大使馆的工作人员安排，实在力不从心。再加上当时是希腊旅游淡季，岛上的酒店几乎都关闭了，吃喝住用处处是问题。情急之下，大使馆向当地的华人商会求助。商会成员们得到消息后，二话不说，全部放下手里的工作来帮忙。他们带来各种物资，协助当地酒店开业，安排同胞入住……在大家的共同努力下，克里特岛上的中国公民全部得到妥善安置。在跟家里人报平安时，很多人都哽咽了。事后有记者采访这些不计自身得失的商会志愿者时，他们的想法朴素而坦然：没有强的国，哪来富的家。

同时，中国政府也绝不会放弃任何一位公民。当时，有一个30人的小队伍前往利比亚边境，等待进入突尼斯。中国驻突尼斯使馆工作人员接到消息后，马上赶到，却被面前的情景吓到：现场人山人海，都是想要逃离利比亚的人。想要在这些人中找到那30个中国人，无异于大海捞针。情急之下，使馆工作人员爬至高处，展开一面五星红旗。那30个人向着国旗走来，最终成功离开。

撤侨，远不只是一句口号。它靠的是成千上万人不眠不休的协调与努力，靠的是在绝境中绝不放弃的精神，靠的是脚踏实地去解决一个又一个困难……事后，华丰项目负责人在接受采访时，说了一句让人深有感触又很真实的话："你在和平的时候、安全的时候、在家里的时候，可能感觉不到自己多么需要祖国，但在这种时候，你会深刻感觉到你需要祖国，并且需要祖国强大。"

很多经历过此次撤侨的中国人，都切身体会到"国富民强"的真实含义。

这就是人民和祖国的双向奔赴。人民有坚强的意志，同时也坚信祖国是自己最有力的支柱。你知道,自己的背后总有祖国在保护你,她会在你遇到危险与困难的时候,不惜一切代价地带你回家。

(摘自《读者》2022年第24期)

黄河一掬

余光中

一刹那，我的热血触到了黄河的体温，凉凉的，令人兴奋。古老的黄河，从史前的洪荒里已经失踪的星宿海里四千六百里，绕河套、撞龙门、过英雄进进出出的潼关，一路朝山东奔来。从斛律金的牧歌、李白的乐府里日夜流来，你饮过多少英雄的血、难民的泪，改过多少次道啊，发过多少次洪涝，二十四史，哪一页没有你浊浪的回声？几曾见天下太平，让河水终于澄清？流到我手边，你已经奔波了几亿年，那么长的生命我不过触到你一息的脉搏。无论我握得有多紧，你都会从我的拳里挣脱。就算如此吧，这一瞬我已经等了七十几年，绝对值得。不到黄河心不死，到了黄河又如何？又如何呢？至少我的指间曾流过黄河。

至少我已经拜过了黄河，黄河也终于亲认过我。在诗里文里，我高呼低唤它不知多少遍，在山东大学演讲时，我朗诵那首《民歌》，等到第二遍，五百名听众就齐声来和我："传说北方有一首民歌／只有黄河的肺活量能歌唱／从青海到黄海／风也听见／沙也听见。"

我高呼一声"风"，五百个人的肺活量忽然爆发，合力应一声"也听见"。我再呼"沙"，五百管喉再合应一声"也听见"。全场就在热血的呼应中结束。

华夏子孙对黄河的感情，正如胎记一般不可磨灭。流沙河写信告诉我，他坐火车过黄河读我的《黄河》一诗，十分感动，奇怪我没见过黄河怎么写得出来。其实这是胎里带来的，从《诗经》到刘鹗，哪一句不是黄河奶出来的？

龚自珍《己亥杂诗》不也说过吗："亦是今生未曾有，满襟清泪渡黄河。"他的情人灵箫怕龚自珍耽于儿女情长，甚至用黄河来激励须眉："为恐刘郎英气尽，卷帘梳洗望黄河。"

想到这里，我从衣袋里掏出一张自己的名片，对着滚滚东去的黄河低头默祷了一阵，右手一扬，雪白的名片一番飘舞，就被起伏的浪头接去了。大家齐望着我，似乎不觉得这僭妄的一投有何不妥，反而纵容地赞许笑呼。我存和幼珊也相继来水边探求黄河的浸礼。看到女儿认真地伸手入河，想起她那么大了做爸爸的才有机会带她来认河，想当年做爸爸的告别这一片后土只有她今日一半的年纪，我的眼睛就湿了。

回到车上，大家忙着拭去鞋底的湿泥。我默默，只觉得不忍。翌晨，山东大学的友人去机场送别，我就穿着泥鞋登机。回到高雄，我才把干土刮尽，珍藏在一个名片盒里。从此每到深夜，书房里就传出隐隐的水声。

（摘自《读者》2023 年第 22 期）

父亲张伯驹

张传彩

他是"民国四公子"之一,却少有纨绔之气;他曾投身军界,却因政局黑暗而回归文人之身;他被母亲视作十足的"败家子",却被同人誉为"当代文化高原上的一座峻峰";他把毕生心血倾注于保护中华文明、中国艺术之中,却在动乱年代被屡屡错待。

决然脱下军装

父亲原名家骐,号丛碧,别号游春主人、好好先生等,河南项城人,出生于贵胄豪富之家。

我爷爷张镇芳是袁世凯的姑表兄弟,父亲的姑母嫁给了袁世凯的弟弟袁世昌,因为爷爷在家中排行老五,袁世凯的儿子们称我爷爷为

"五舅"。

父亲青年时，国内革命浪潮汹涌澎湃。

1913 年，袁世凯任中华民国大总统。爷爷张镇芳升任河南都督。第 2 年，袁世凯做出一项重大举措——创立培养军官的陆军混成模范团。

父亲那年刚 16 岁，不符合模范团的选材标准，但在爷爷的安排下，他破格进入了模范团的骑科，并由此进入军界，曾在曹锟、吴佩孚、张作霖部任提调参议等职（皆名誉职）。

此后袁世凯称帝、张勋复辟，接着军阀混战，政坛风云变幻。父亲眼见政治黑暗，又目睹爷爷的官场沉浮，叹道："内战军人，殊非光荣！"便决然脱下军装。

奶奶眼里十足的"败家子"

父亲退出军界，回到家里，奶奶十分不满，絮絮叨叨地骂他没出息，要他进入金融界。父亲一度十分困惑、苦闷，终日无言。那时他唯一的乐趣就是读书，他读《老子》《墨子》，兴味十足。

1927 年，父亲正值而立之际。一次，他去爷爷任职的北京西河沿的盐业银行，半途拐到了琉璃厂，在出售古玩字画的小摊旁边溜达。一件康熙皇帝的御笔书法作品引起了他的注意，只见上面的四个大字"丛碧山房"写得结构严谨、气势恢宏。虽然此时父亲对收藏尚未入门，但由于旧学根底深厚，眼力已然不俗。他没费思量就以 1000 块大洋将其买了下来。回去后，父亲愈看愈爱，遂将自己的表字改为"丛碧"，并把弓弦胡同的宅院命名为"丛碧山房"。这是他收藏生涯的开始。从此，父亲为了收藏文物，大把地花钱。

父亲说过："我30岁开始学书法，30岁开始学诗词，30岁开始收藏名家书画，31岁开始学京剧。"他从少年时代起就喜欢京剧艺术，那时他正式拜余叔岩学戏，彩唱过《二进宫》《空城计》《八大锤》三出戏，成为余派艺术传承的重要人物。

爷爷去世后，在奶奶的苦苦相劝和严厉责骂下，父亲无奈答应子承父业，出任盐业银行的董事兼总稽核之职，但父亲对银行的事从来不闻不问。从此，父亲有了"怪爷"的绰号。他一不认官，二不认钱，独爱诗词、书画、戏曲。在奶奶眼里，他是十足的"败家子"，不可能使家业中兴。

宁死也要保住藏品

抗日战争爆发后，父亲为使银行不致落在和汉奸有勾结的李祖莱手中，加上他多年收藏的大部分精品都放在银行，所以只好勉为其难，以总稽核的身份，兼任盐业银行上海分行经理，前去主持行务。

父亲每周去一趟上海。1941年的一次上海之行，让父亲陷入险境。

一天早晨，父亲去银行上班，刚走到弄堂口，迎面冲来一伙匪徒，把他抓住塞进汽车，迅速离去。母亲不知如何是好，只好跑到孙曜东（上海滩的玩家子，与父亲换过帖的把兄弟）家，见到孙曜东就跪下，请他救救父亲。孙曜东分析了一番，想想父亲在上海没什么仇人，只有盐业银行的李祖莱有动机，因为父亲挡了他的升迁之路。

第二天，母亲接到绑匪的电话，说是要200根金条，否则就撕票。这下子母亲更急了。后经孙曜东打听，此事果然是李祖莱幕后策划，由"七十六号"特务组织干的。

经孙曜东的一番活动，绑匪开始和母亲谈判。

谈判过程中，绑匪说父亲绝食多日，已昏迷不醒，请母亲去见一面。母亲见到父亲时，他已经有气无力、憔悴不堪。母亲唏嘘不止，可是父亲却置生死于度外，悄悄关照母亲说："你怎么样救我都不要紧，甚至于你救不了我，都不要紧，但是我们收藏的那些精品，你必须给我保护好，别为了赎我而卖掉，那样我宁死也不出去。"

父亲被绑了8个月，最后，绑匪给母亲传话："7天之内若拿不出40根金条，做好收尸准备。"

没多久，经孙曜东努力调停，父亲终于安全地回到家中，而他不愿卖画赎身，视书画如生命的事情很快传开了，几家报纸也刊登了这个消息。父亲怕树大招风，便于当年年底离开上海这块是非之地，取道南京、河南，来到西安。为谋生计，父亲在西安创办"秦陇实业公司"，自任经理。

小时候，我对父亲和母亲一次次往返于北京和西安之间，不甚理解，长大后才知道，那时候北京已经沦陷。父母为了不让《平复帖》那样的国宝级字画出任何意外，将它们偷偷缝在被子里，一路担惊受怕地带出北京，来到西安。

直到日本投降，他们才重回北京安定下来。

为劝说傅作义，忍痛割爱送蜡梅

北平解放前夕，国民党企图将一切有地位、有影响、有才学的人都拉到台湾，自然也打起了父亲的主意，他们不时派人到家里游说，都被父亲断然拒绝。此时的北平城内，已经可以听到解放军的炮声，父亲坐卧不宁，他不只是担心个人的安危，更为千年古都随处可见的文物而忧虑。

他遂以昔日闻名的贵公子、文物鉴藏家等特殊身份，多方活动，积极促进北平的和平解放。

当时民盟成员不时在我家开会，讨论如何能使北平免于战火劫难。父亲与西北军人素有渊源，身为西北军人的傅作义将军也知道父亲是个正直的文人，很是敬佩他。于是，民盟的盟友就撺掇父亲去劝傅将军，千万不能开战。父亲与邓宝珊将军和侯少自将军（傅作义的高级顾问）一直是好朋友，他们仨曾在不同的场合，多次劝说傅作义将军勿起干戈，以保护北平的百姓和文物、古建筑。为了劝说傅作义，父亲还忍痛割爱，将家里两盆最大的蜡梅送到了傅府。

一方面国共谈判在反复进行着，一方面朋友也在劝说着。傅作义权衡考量了一番之后，最后下决心走和平解放的道路。

北平和平解放了，父亲是有功的，可是，父亲极少与家人谈及此事。有老友劝他向政府要官，他淡淡地说："我还是画我的画，我不要官，也不要钱。"

被打成"右派"

1949年以后，父亲收藏文物的热情丝毫未减。但是，此时的文物市场却发生了翻天覆地的变化，光是有钱还远远不够，地位和权势扮演了更为重要的角色。

一次，父亲看上了一幅古画，出手人要价不菲。而此时的父亲，已不是彼时的"张公子"。他不供职于任何一个政府部门，而所担任的北京棋艺社理事、北京中国画研究会理事、中国民主同盟总部文教委员等职务，无权无钱，皆为虚职。想到现实的经济状况和未来持久的生活之需，母亲有些犹豫。父亲见母亲没答应，先说了两句，接着索性躺倒在地，任母亲怎么拉，怎么哄，也不起来。最后，母亲不得不允诺，拿出一件首饰换钱买画，父亲这才翻身爬起。

1956年，我们全家迁到后海南沿的一个小院落，这是父亲最后的一点不动产。

这一年，父母将30年所收藏的珍品，包括陆机的《平复帖》、杜牧的《张好好诗》、范仲淹的《道服赞》以及黄庭坚的《诸上座帖》等8幅书法，无偿捐给了国家。这8件作品件件都是宋元以前的书画，至今仍是故宫博物院最顶尖的国宝。

国家给了他3万元奖金，父亲坚持不收，说是无偿捐献，不能拿钱，怕沾上"卖画"之嫌。

后经郑振铎一再劝说，告诉他这不是卖画款，只是对他这种行为的一种奖励，父亲才把钱收了下来，并拿去买了公债。

万万想不到的是，父亲捐献国宝不到一年，一顶"右派分子"的帽子就戴在了他的头上。

被扣8顶帽子，遭到批斗

"文化大革命"开始后，父亲又将三国时魏国敦煌太守仓慈写经、元明清诸家绘画等多件文物上交国家，他以这样的行动证明自己对国家的挚爱。然而，1966年"文革"批斗大会上，父亲仍在"牛鬼蛇神"之列。

此时的父亲和母亲尽管白天接受批判，晚上仍填词、作画。父亲这时最喜欢画蜡梅。母亲也由画大幅山水改画小幅花卉。母亲作画，父亲题诗，两人配合默契，相得益彰。后来，他们把这些画装订成一本花卉画册，可惜，在被抄家时散失了。他们为此伤心不已。

不久，灾难又一次降临到父亲的头上。

他的一首词被认为攻击了江青，攻击了"无产阶级司令部"，被定罪为"现行反革命"。新账老账一起算，父亲以"历史反革命""资本家""反动文人"等8顶帽子遭到造反派的批斗。

母亲和父亲一起被关押在地下室。没人知道两位老人是如何度过那段艰难岁月的，他们似乎也不愿意多谈。父亲在地下室里蹲了近两年，这两年里，他没见到过一张熟悉的面孔，没走出过那间不过10平方米的小屋一步。直到1970年1月结束关押，父母亲才回到家中。

1978年，戴在父亲头上的"现行反革命"的"铁冠"终于被彻底摘了下来。他很庆幸，自己活了过来。

父亲说："国家大，人多，个人受点委屈也在所难免，算不了什么，自己看古画也有过差错，为什么不许别人错送我一顶帽子呢……我只盼望祖国真正富强起来……"

（摘自《读者》2016年第6期）

没有归队的"追哥"

佟晓宇　张志浩

今晚我就不回家了

2023年7月29日傍晚，北京先后发布暴雨红色预警、雷电黄色预警和大风蓝色预警。19时，北京市防汛指挥部启动全市防汛红色（一级）预警响应。事实上，进入7月后，北京已经发布多次不同级别的暴雨预警。

为了应对这次暴雨可能带来的救援任务，北京房山蓝天救援队队长陈海军建了一个临时群，如果有任务就发在群里，有时间的队员可以提前到队部来备勤，随时准备出发。

29日一大早，队员刘建民来到离家3公里外的救援队队部备勤。刘建民给妻子李玉发微信，告诉她自己晚上不回家了。对李玉来说，这没什么特殊的，"以前他留在队里不回家的情况多了"。

30日上午，雨还不大，李玉给刘建民打电话，想知道他在哪儿，有没有任务。刘建民跟她说，要是雨下得不大，他就回家收拾东西，去福建支援。

刘建民的大哥知道他去备勤，也打了电话，让他注意安全，"顾着点自个儿"。那两通电话，成为他们各自和刘建民的最后一次通话。

队员们陆续来队部备勤，最多的时候有近400名队员加入这次抗洪救援。王宏春开车带着近1000元的物资到队部备勤。她对陈海军说："就这几天有点空，我就不回去了。"

浪卷起来有两三米高

7月30日晚上8点左右，一通求救电话打进陈海军的手机。佛子庄乡白草洼村的一位年轻妈妈求助，说自己带着3岁的孩子，家里的积水已经快两米深了。考虑到村里需要转移救援的人员会比较多，陈海军组建了一支包括刘建民和王宏春在内共16人的救援队。

救援队来到距离队部近40公里的地方，那是进入村庄的必经之路——班各庄大桥。这时，雨越下越大，水流湍急，漫过桥，冲击着桥墩。桥是过不去了，无奈之下，陈海军只能带着队员回撤。

31日凌晨3点，雨小了，队员们再次出发。一个小时后，他们再次到达班各庄大桥。"水是小了，水位也下降了，可是桥墩被冲坏了。"陈海军说。他将队员分为两组，包括刘建民和王宏春在内的6名队员留守大桥，提示过往车辆大桥存在隐患，避免桥梁坍塌出现事故。陈海军则带着剩余 9 名队员继续前进，徒步绕山路赶往白草洼村。

雨又大了起来，也更疾了，"再这么下去，山洪马上就起来了"。陈海军望着山坡北侧，担心随时会有山体滑坡，队员们不得不先帮助转移住在山脚下的居民。外撤途中，他们看到巨大的洪流，一个浪卷起来有两三米高，巨大的声响让陈海军和队员都感到害怕。

扔出的最后一个救生圈

危险同样逼近了守桥队员。7 月 31 日早上 9 点，山洪倾泻，河道里形成了洪峰，队员们只能穿上救生衣，登上橡皮艇。水面漂浮物多且杂，河水掀起一道道水浪，橡皮艇被掀翻了。

队员们全部落水，没有丝毫反应的时间。水流淹过来前，刘建民喊王宏春套上他扔过去的最后一个救生圈，但王宏春没来得及穿上。

当天队里只留下齐欣和另一名女队员在做实时记录回传信息的工作。下午一点，一辆警车开进院里，孟哥从车上下来，瘫坐在地上，无力地说了三个字："船翻了。"

齐欣开始疯狂地给所有在外救援的队员打电话，每个人的手机都暂时无法接通或者不在服务区。

直到第二天下午，他们得知王宏春在河道下游约 30 公里处被发现，已经没有生命体征。两天后的 8 月 3 日上午 11 时，刘建民在河道下游 70 公里处被发现，也已经牺牲。

没有学成的水下机器人操作

在队里，刘建民代号"追梦人"，队友都喊他"追哥"。对于追哥把最后一个救生圈给队友的举动，齐欣并不感到意外。每次山野救援，刘建民的包里总会多装几个头灯，以防队员头灯没电，队里有东西坏了也常是他修。

刘建民在家里排行老二，在村里，大家都知道刘二，谁家遇到事都找他帮忙。7月19日村里停水，刘建民拉了三车矿泉水免费发给村民。他在抖音上记录："为百姓做点事。我不知道做得对不对，反正做了，心里就舒服多了。"

今年47岁的刘建民患有糖尿病。"他的病我们都知道，但他没有一次拖过后腿。"齐欣说。她常跟着刘建民一起训练，很多水域救援知识都是跟他学的——如何换气，如何打捞，如何穿戴救生马甲；坐在皮划艇上，马达的声音会盖过人声，还要学习转弯、前进、后退的手势。

原本齐欣和刘建民约好，有时间就跟他学习水下机器人的操作，这种救援设备可以通过声呐更精准地定位。陈海军说，四五百人的救援队里，会操作水下机器人的队员不超过5个人，刘建民就是其中之一。

咸菜吃完就再也没有了

7月31日，李玉接到刘建民失联的通知。她挂断电话，瞒住了所有亲人，除了女儿，"不想让大家都跟着惦记"。刘建民77岁的父亲随他们一家生活，李玉担心老人的身体，照常给他做了一日三餐，还装作没事一样陪着吃了两口。

刘建民的妹妹说，刘建民是全家的主心骨，大事小事都操心。加入救援队后，他好像找到了组织。一家人相聚时，聊天的主题总是刘建民讲又参与了哪次山野救援，救回了几名驴友，哪家走失的老人小孩被他们成功找回。他的最后一条朋友圈停留在："房山蓝天救援队已启动24小时应急备勤，如您的生命财产遇到危险，现在需要帮助，请拨打救援电话。"

家人其实不希望他总是面对危险，"可我们知道，没人能阻挠他"。刘建民的大哥说，弟弟的离开让全家不知所措，"就跟做梦似的"。妹妹翻着朋友圈说："二哥最拿手的菜是红烧肉，平时也爱给闺女做饭，有一条朋友圈发的就是他给闺女做的饭菜的照片，还说女儿吃得真香。"

午饭时间，来探望的家人吃了盘中的咸菜。"这还是刘建民做的。"愣怔片刻，李玉说，"刘建民手巧，婆婆去世后，家里的咸菜都是他腌的。把缸里剩下的咸菜吃完，就再也没有了。"

8月5日，刘建民的女儿在微博上纪念父亲，一个网友在下面留言："我是房山桥梁厂的火车司机，每次出车都会经过吴庄道口。下次出车，我会在你们村鸣笛三声，请您知晓，向您表达一份敬意。"

（应受访者要求，文中齐欣、李玉为化名）

（摘自《读者》2023年第20期）

刑场上的婚礼

余驰疆

早在 1949 年参军前,就读于国立中山大学附中(今广东实验中学)的张义生就无数次听过"大师姐"陈铁军的故事。那是一段壮烈、热血又浪漫的革命爱情。

陈铁军,原名陈燮君,1904 年出生于广东佛山的一户归侨商家。15 岁时,受五四运动影响,她立下革命救国的志愿;16 岁时,为了给当地富商家冲喜,她被父母指婚,嫁给不学无术的"富二代";到了 18 岁时,为挣脱家庭的桎梏、寻求心中的真理,陈铁军变卖首饰和衣物,独自奔赴革命中心广州。1924 年,陈铁军考入广东大学(今中山大学)文学院预科,并在两年后加入中国共产党。

入党后不久,陈铁军接到重要任务:解救被国民党抓捕的周文雍。周文雍是广东工人赤卫队总指挥,也是广州工人运动的领导人之一。陈铁军以其妻子的身份探监,送去大量红辣椒炒饭,嘱咐他吃完,而且千万不能喝水。很快,周文雍全身发烫,上吐下泻,有了得传染病的迹象,国民党只能将他移至医院。随后,党组织成功将周文雍救出,周文雍、陈铁军二人继续假扮夫妻进行地下工作。

1927年12月11日,广州起义爆发,周文雍领导的工人赤卫队配合教导团攻占国民党广州公安局。3天后,由于实力悬殊,广州起义失败,周文雍与陈铁军转移至香港。在外,他们是恩爱夫妻;在家,他们是有共同信仰的同志。每次家中一有异动,陈铁军就会将阳台上的花搬开,以警示周文雍先不要回家。在相互扶持中,二人渐生情愫,但因为事业不能谈及儿女私情。

1928年1月,为重建广州市委组织,周文雍、陈铁军冒险北上,因叛徒告密而被捕。他们遭受酷刑,始终不屈,周文雍在监狱墙壁上写下:"头可断,肢可折,革命精神不可灭。壮士头颅为党落,好汉身躯为群裂。"就义前,周文雍要求与陈铁军合影,二人在最后一刻才相互表明心迹,"周文雍将围颈之巾转绕其妻颈上,并与之握手;其妻则手持周颈部之绳,使勿缚急"。

就义时,周文雍23岁,陈铁军24岁。

这场绝恋令无数共产党人动容,周恩来与邓颖超悲痛落泪。周文雍是周恩来在广州担任中共广东区委委员长时的旧部,陈铁军更是在1927年"四一二"反革命政变中帮助因难产而住院的邓颖超死里逃生。因此,直到中华人民共和国成立后,周总理夫妇仍常常怀念周文雍和陈铁军。1962年2月,周恩来在紫光阁接见一批剧作家,动情地讲述了"刑场上的婚礼",号召作家将它写成剧本。也是当时,身处文工团的张义生得知总理的这番讲话后,开启了长达15年的取材、创作之路,并申请从北京调回广州。

15年中，张义生走访众多参与过广州起义的革命前辈，搜集了周文雍、陈铁军的不少书信，一遍遍打磨着作品。1977年，张义生突然收到了邓颖超的来信："把陈铁军烈士的事写成剧本是总理的生前愿望，这回得我来帮他还愿了。"张义生将剧本寄给邓颖超，很快得到了回应。反馈意见中，邓颖超又提供了多条线索，张义生决定再度南下。

回京后，张义生又收到了徐向前元帅的接见通知。在广州起义中，徐向前担任工人赤卫队第六联队队长，是周文雍的下属。徐向前向张义生回忆起义的点点滴滴：周文雍带领的赤卫队队员穿什么、吃什么，陈铁军如何假扮卖菜妇女给队员送枪和手榴弹，起义失败后他们又如何转移……一同被接见的还有长春电影制片厂的蔡元元和广布道尔基两位导演。前者曾在电影《鸡毛信》中饰演海娃，后者则是中华人民共和国第一位蒙古族导演。3个人就此组建起了电影的编导团队。

还有一位参与了广州起义的元帅对剧本编写格外关注，那便是聂荣臻。他曾4次接见创作团队，不厌其烦地讲述老战友的故事。聂荣臻和周文雍在起义中建立了深厚友情，后又共同负责赴港革命者的安置工作。周文雍受命回广州继续革命时，聂荣臻向组织表达了强烈反对："周文雍在广州很有名，回去很危险。"但周文雍自知广州有未竟的事业，毅然离开香港。离港前夜，聂荣臻和周文雍彻夜长谈，没想到那就是诀别。聂荣臻说："文雍与陈铁军在刑场就义，香港报纸刊登了他们的合影，我非常难过，就把报纸剪下来揣在身上，直到红军长征时天天打仗才丢失。"

那时，张义生不知如何塑造英雄的爱情故事。聂荣臻一锤定音："你们不要怕犯错误，胆子要大些。"

1979年夏天，带着万千期待，《刑场上的婚礼》在广州开拍。电影详细反映了周文雍和陈铁军的日常生活，既有革命中的激情和惊险，也不乏二人从假扮夫妻到真情流露的细节。广州起义的前一夜，他们站在窗前，谈论着对未来的向往、对革命的坚定，也谈论着各自心目中爱情的模样。这些与早年革命电影不太一样的"柔情"，反而使观众受到了更大的触动。影片最后，刑场上的周文雍和陈铁军站在象征英雄和爱情的木棉花树下，向群众宣布结婚。陈铁军的台词催人泪下："当我们就要把青春和生命献给党的时候，我们要举行婚礼了。让这刑场作为我们的礼堂！让反动派的枪声作为我们结婚的礼炮吧！"

在如今年轻人聚集的B站（视频网站哔哩哔哩）上，《刑场上的婚礼》仍有上百条弹幕，当周文雍和陈铁军就义的画面出现时，有网友写下："这就是信仰的力量。"

40多年前，张义生问聂荣臻："为什么总理、元帅对这个剧本如此在意？"聂荣臻说："一定要把这个故事写出来，让青年人懂得什么是革命，什么是爱情！"

"我们分担寒潮、风雷、霹雳，我们共享雾霭、流岚、虹霓。仿佛永远分离，却又终身相依。"这才是伟大的爱情。

（摘自《读者》2021年第16期）

母语的歌

程 玮

这是发生在第二次世界大战期间的一个故事。有个在德国长大的英国人，被德军派到伦敦当间谍。此人讲一口纯正的英语，对英国的风土人情、朝野趣事无所不知。他到伦敦没多久，就如鱼得水，和英军上上下下打得一片火热，各种沙龙的邀请源源不断。他因此成为德方最得力的间谍。可是，某天他被勒死在酒店的房间里。事后人们才知道，原来他在唱歌这件事上栽了跟头。在某场酒会上，喝得醉醺醺的军官们一首接一首地唱歌。有人发现，有几首尽人皆知的童谣，这个间谍竟然不会唱，或者唱得磕磕巴巴。这是一个不引人注目的细节，也是一个致命的错误。英国军方立刻秘密调查了他的背景，于是真相大白。

歌曲不只是一种陶冶情操、抒发情怀的艺术形式，在很大程度上，也是人们对自己的文化和历史、对自己的身份和从属的一种认同。歌曲属于母语的一部分，能给人的一生打上印记，不会磨灭，不会消失。一个人可以通过后天努力把一门外语说得如同母语一样流利顺畅，能把相应的历史文化、风土人情学得融会贯通。但他不一定会注意到那些非母语的歌，因为他不真正属于那里。

今天的人们已经接受，也习惯用陌生的语言唱歌。但真正美好的歌曲，我们觉得还是用母语演唱才过瘾。因为我们唱的不只是一首歌，还是童年记忆中母亲温柔的呢喃、翠堤春晓的初恋、华宴散去的不舍和夕阳古道的离别。这一切都与我们的母语紧密相连。离开了母语，我们无法唱出那份情怀。

这几年已经很少有人谈论2018年10月10日晚上在北京紫禁城太庙的那场世纪盛会了。1998年，指挥大师祖宾·梅塔曾在那里指挥由张艺谋导演的实景歌剧《图兰朵》，成为世界音乐史上的创举。时隔20年，上海交响乐团、维也纳歌唱学院合唱团、上海春天少年合唱团联手全球著名的歌唱家同台演出《布兰诗歌》，又一次令音乐界瞩目。现场录制的光盘，直到今天仍然畅销。

那天晚上北京很冷，气温只有10℃左右。观众席上的观众穿着厚厚的羽绒服，钢琴家戴上半指手套，小提琴家贴上暖宝宝，女高音歌唱家穿上白色裘皮外套。来自上海春天少年合唱团的孩子们穿着棉袄，戴着清一色的白色围脖。

上半场演奏的是中国作曲家刘天华的《良宵》、马里斯·里希特的小提琴协奏曲《十一月》和拉赫玛尼诺夫的《第二钢琴协奏曲》。下半场唱响的是《布兰诗歌》。这是一部13世纪的神秘诗稿，它曾深藏在巴伐利亚修道院内几个世纪不为人知。它是目前所知的保存最完整、最具艺术价值的西方中世纪诗歌。

1935年到1936年，生活在巴伐利亚的德国作曲家卡尔·奥尔夫从这部诗稿中选取了25首诗歌，分"春天""美酒""情爱"3个主题，创作了这部气势磅礴的乐曲。它既有世俗的欢悦，也有着史诗般的恢宏，在音乐史上拥有特殊的地位。80多年来，众多世界著名指挥家争相指挥《布兰诗歌》，祖宾·梅塔、小泽征尔、普列文等都曾留下经典版本。

　　上海春天少年合唱团的孩子承担其中很短的几段童声合唱。他们当天从上海赶到北京，捧着曲谱，在寒风中用古德语和拉丁语演唱着，看起来紧张而疲倦。唱完以后，有的孩子打哈欠，有的孩子交头接耳，还有的孩子干脆坐了下去。

　　就在音乐会结束，著名歌唱家们谢幕以后，乐队突然奏起了悠扬、舒缓、甜美的《茉莉花》的前奏。全场观众骤然一静，接着热烈鼓掌。那掌声的意味跟先前歌唱家们谢幕时的礼貌、欣赏和赞扬不一样，那是一种真正发自内心的欢喜和轻松。合唱团的所有孩子立刻挺直腰、仰起脸，一张张舒展的脸上露出衷心的微笑，就像一朵朵盛开的花。前奏结束后，他们自豪地唱起了这首江苏民歌。一时间，似乎连萧瑟的寒风都温柔了许多。

　　一群中国孩子，在寒风中站立了一个晚上。听着、唱着自己不懂，也很少有人真正能听懂的歌曲，最后终于等到了这一刻：用自己的母语，唱一首优美的、全世界都熟悉的歌。直到今天，我仍然认为那是整个晚上最美好、最令人难忘的瞬间。

（摘自《读者》2023年第16期）

菊花凭什么和松树比肩

沙 子

在景山公园散步时,看着园丁把菊花一盆一盆摆放在花圃里,远远近近的深绿树木衬托着眼前这些小小的、朴实的黄色花朵。忽然想起,国画中总是松菊并列,这么星星点点的朴素菊花,怎敢和松树比肩抗衡?

秋天是赏菊的好季节,作为中国人,细细想来,果真历朝历代的人们对菊花都有各种赞美。正因为东晋田园诗人陶渊明的"三径就荒,松菊犹存",才让南宋绘画家马远画了《陶渊明采菊图》,上面还出现了菊花和松树的形象。

古代文人对菊花真的是赞誉有加,菊花位列植物"四君子"(梅、兰、竹、菊)便是明证。陶渊明喜爱"采菊东篱下,悠然见南山"的淡定从容,司空图欣赏"落花无言,人淡如菊"的典雅安静,唐寅感受到的是"多少天涯未归客,尽借篱落看秋风"的离愁别绪,李清照又用"帘卷西风,人比黄花瘦"的对比烘托孤独凄凉,黄巢"冲天香阵透长安,满城尽带黄金甲"写出了菊花满城的豪气干云,似乎人人心中都有别样的菊花。

现代艺术家们对菊花同样是一往情深。新月派诗人闻一多在现代诗《鼓手与琴师》中写到了不同形态的菊花,有鸡爪菊、绣球菊、江西腊,这些菊花颜色丰富,不但有金的黄、玉的白、春酿的绿、秋山的紫,更有剪秋萝似的小红菊、从鹅绒到古铜色的黄菊、带紫茎的微绿色的"真菊",以及枣红色的菊花王。在闻先生饱蘸感情的抒发中,我们不仅对他的思乡爱国产生共鸣,更能发现作为画家的他训练有素的眼力,他用文字描摹出菊花的状态、颜色、样貌,让我们赞叹。

除了闻一多,还有曾去法国学画的孙福熙,归国后他被清华园里种植的多种多样的菊花吸引,立刻采用融会中西的画法埋头写生,后来还把得意之作赠送给了鲁迅。他曾这样盛赞鲁迅先生:"鲁迅先生的一生如长庚星,光芒四射,忽伸忽缩,没有直线,也不怕回头,于是学水师,学路矿,学医,学文,为友为敌,为敌为友,如此感情丰富而热烈的人,在绍兴先贤中,即使诗人与画家,亦不见一人。绍兴的地方色彩,可以产生学术思想家,而不宜于艺人,鲁迅先生却是特殊的一人。"而关于孙福熙的文与画,朱自清曾写过一篇《山野掇拾》的书评,文中说:"他的文几乎全是画,他的作文便是以文字作画!他叙事,抒情,写景,固然是画;就是说理,也还是画。人家说'诗中有画',孙先生是文中有画;不但文中有画,画中还有诗,诗中还有哲学。"

孙福熙对在清华园里利用业余时间辛勤侍弄菊花的杨寿卿和鲁璧光很是敬佩,他还表达过自己的心志:"满眼的菊花是我的师范,而且做了陪伴我的好友。他们偏不与众草同尽,挺身抗寒,且留给人间永不磨灭的壮丽的景象。他是纯白的，然而是灿烂的；他是倔强的，然而是建立在柔弱的身体上的。"

在对菊花的盛赞中，孙福熙抱怨道："在用武之地非英雄的悲哀远比英雄无用武之地者为甚。"相比之下，生活在和平年代、过着幸福生活的我们，想到这些曾处在乱世中又无法当英雄而选择默默作画的书生自怨自艾又自我宽容的矛盾心理，或许能豁然开朗——人生不称意，何不散发弄扁舟。坚持自己，虽柔弱却倔强；凌寒不退缩，虽渺小也灿烂。

（摘自《读者》2022年第2期）

电影院里的光
西瓜季节

电影院的银幕上正在播放电影。帅帅坐在银幕旁边,手攥麦克风,显得有些紧张。他要把电影中的画面,用自己的语言描述出来。

电影中有一幕,一个人向另一个人开了一枪。帅帅对这一幕很熟悉,连子弹打在人胳膊上的位置都记得,但他还是不小心脱口而出:"开了两枪。"

一声枪响。过了几秒,他用余光扫过观影席,下面坐着40多位视障观众。不出意外,他们中的一些人面露疑惑,等待着第二声枪响的来临。

"搞砸了。"帅帅为自己的口误心生懊恼。但电影没有暂停,一段对白结束后,他还要集中精力接着描述电影画面。他没有时间沉浸在懊恼中。

做口述志愿者的一年里,帅帅一共讲了7部电影。很长一段时间里,每到周六,他就会前往云南昆明一家名叫"心灯"的盲人电影院,接待四处而来的视障观众。

视障人群如何看电影？帅帅觉得，视障观众与普通观众在观影时最大的区别，就在于多了一位像他这样的口述者。他们的任务是在不影响电影原本的音效及台词的情况下，为观众描述电影的画面。

在一些视频平台上，也能找到提前录好口述内容的"无障碍电影"，但是数量比较少。心灯电影院采取的方式是实时口述。对口述者来说，这就像一场长达几小时的"现场直播"，他们需要在把握电影节奏的同时，尽可能地提升观众的体验感。

口述者在很大程度上影响着视障观众的观影体验。对主要通过听觉获取信息的视障人群而言，电影演员能把台词说清楚是一件非常重要的事。所以，做一名称职的口述者，对帅帅来说也极为重要。

在拿起麦克风进行口述之前，帅帅会先给电影里每一处需要解说的画面写"逐字稿"。一个片段写完，再将其重播一遍，对着画面念一遍稿子，判断口述内容的时长是否合适。一部时长2个小时的电影，顺一遍要花8个小时，最终写好的"逐字稿"字数过万。

同为口述志愿者的赵戬儿，则擅长使用视频播放软件的"后退15秒"键，在口头上一遍遍地打磨自己的语言。一些视障观众可能不太理解不同的颜色到底是什么样的，所以，在为一部电影做准备时，赵戬儿挨个儿把"金色的阳光"改成"阳光"，对"镶了一条金边"的描述也做了处理。

一周内，赵戬儿把电影《归来》看了近30遍。最后，她的嗓子哑了，口述的肌肉记忆也形成了。

尽管如此，电影的口述现场还是会发生意外情况。

有一次，帅帅看电影看入迷了，忘了开口描述画面。电影都切换了好几个画面，他才回过神来，所幸自己的失职没有影响观众对剧情的理解。

赵戬儿第一次讲《归来》时差点哭出声。电影讲了陆焉识在离家多年后，和早已因病失忆的妻子重逢的故事。影片里，妻子终于认出陆焉识，她抬起手，放在正在弹钢琴的丈夫的肩膀上，琴声戛然而止。赵戬儿形容这个动作时，用了两句"轻轻地"，一声比一声轻柔，仿佛两片羽毛从空中飘落到草坪上——就像陆焉识和妻子，两个人终于在大地上重逢。

她留意到坐在前排的一位老爷爷，身体前倾，一动不动。他睁着眼，泪水却止不住地从眼眶中溢出。这部影片打动了他，或者让他想起了往事。

赵戬儿被这一幕惹得要啜泣。她强忍着泪水，继续往下讲。但她心里清楚，在听觉灵敏的视障朋友们面前，她声音里的情绪波动，怕是早就被听出来了。

"盲人朋友们大老远地跑来，一周就看这么一场电影，总不能让他们失望吧。"赵戬儿说。

来看电影的观众年龄大多在50岁以上。有人坐十几站的公交车来看电影，还有人跨县、跨区，坐几个小时的客运班车来看电影，看完又急匆匆地赶回去。

对习惯了打开购票软件，就能在方圆几公里内定位好几家影院的普通观众来说，花这么大的代价看一场电影似乎有些难以理解。尤其是在网上可以收听无障碍电影的情况下，他们为什么愿意花费时间跑这么远的路程，聚集在这里？

在帅帅最喜欢看到的场景中，这个问题得到了解答。

电影开场前，视障观众被带进电影院，需要找个位置坐下。但大多数时候，他们不会随便找个座位，而是会接过志愿者递来的麦克风，大声喊出想找的那个人的名字。接着，就会在某一排座位中蹦出同样响亮的一声："我在这儿！你过来！"

和相熟的朋友坐在一起后，他们会拥抱一下，聊聊家常，说一说过去一周发生的事。大家都特别开心。有人还会特意提前到场，就为了能和朋友多聊一会儿。

"这个场景让我想起小时候上幼儿园的感觉。"帅帅笑着说，"小朋友在家休息了一个周末后，周一又能回到幼儿园，见到自己的好朋友。又能抱在一起，说说笑笑，把周末发生的趣事跟对方讲一遍。"

这样的"幼儿园时刻"，我们每个人都经历过。只是，对视障朋友们来说，这样的"幼儿园"很难得。

把电影院当作一个"幼儿园"，他们在这里找到朋友，也缔结了紧密的关系。

帅帅还记得，他讲电影《我的姐姐》时，坐在前排的一对姐弟手挽着手，泪如雨下。

姐姐58岁，戴上眼镜能勉强视物，56岁的弟弟是全盲。每个周六，姐姐会搀扶着弟弟一起来电影院。他们总是坐在最靠近银幕的位置。

他们并不是有血缘关系的姐弟，而是几年前在电影院结识后，才成为彼此依靠与帮衬的亲人。他们俩都独居，家也离得不远，姐姐常去给行动不便的弟弟做饭，或带着他出门逛街。除了看电影，他们还共同参加了合唱团，每周都会演出，生活很充实。

帅帅还提到他尊敬并喜欢的一位奶奶。奶奶74岁了，总是穿着一身旗袍，戴着墨镜，一个人出门坐公交车，也会一个人默默地坐在电影院的最后一排。

帅帅去过一次奶奶的家。独居的奶奶招呼他坐下，利落地拿起水壶烧水、倒茶，又径直走到厨房切菜，准备做饭。厨房里，不同的调料瓶在瓶盖上有触感上的区分，灶台旁还放着一个抽屉柜，里面装着密封包装的米、面等，奶奶伸手一摸，便能取到。

她那么娴熟、自在，就像这个房间里的"国王"，房间里的每一件家具、每一个器皿，仿佛都心甘情愿地听她指挥，为她服务。

后来帅帅才知道，奶奶年轻时是一名舞蹈演员。之后她生了一场病，病好了，眼睛却看不见了。但她没有一蹶不振。全盲以后，她照样参加残联举办的舞蹈演出，参加歌唱比赛，还去看电影。在外地的女儿想接她一起生活，她拒绝了，说她能照顾好自己。

这样体面又有尊严的生活，呈现出一种"本该如此"的状态：无论是谁，都可以选择陪伴，或享受独处，都可以感受电影的美好，体验更丰富的娱乐生活。

在奶奶的客厅里，装饰不多的墙上贴着一张照片，照片中是奶奶年轻时候舞动的身姿。

应该是奶奶自己贴的吧，帅帅猜想，因为照片贴歪了。但是没关系，照片上的她，还是很美，很美。

（摘自《读者》2023年第8期）

妈妈的十二封"信"

夕里雪

"此刻,你身边有酒吗?如果有,那就好好坐下来,听我给你讲一个故事。"

旭子给我打电话的时候,我正在重庆。

2015年,旭子在上海。江南烟雨勾人情丝,他的艺术家老师突发奇想,想要做一次横贯中国东西的"特殊"音乐采风——从上海到新疆阿勒泰,全程4300多公里,不带任何现代通信工具,随身带的仅有基本的录音和摄影设备。老师的原话是:"这是一次传统文化对现代科技的挑战。"

旭子自是欣然随行,毕竟这对任何人来说都是一次艰难而又珍贵的挑战。他兴致勃勃地收拾行装,制订路线,直到进入火车站候车大厅,才想起要给家里打一个电话。可是手机已经被扔在上海的老师家了,他只好用公共电话拨通了妈妈的手机。

我对旭子的父母一直知之甚少，只知道他爸爸是教育工作者，妈妈是医生，也许是父母受教育程度比较高的缘故，旭子一直处于放养状态，只要他不为非作歹，父母从不过多干涉。我几乎未见过他与父母联系，好像他从离家读书开始，就一个人自由惯了。只有每年春节的时候，他才会回一次家。

但这次毕竟不同寻常，可能会有大半年的时间与外界"失联"，他还是要提前和父母说一声。电话那一头的母亲和以往任何一次通话时一样平静，只是在旭子讲述的间歇插进几个淡淡的"嗯"，最后，她在旭子即将挂电话的时候才说："你每到一个停留比较久的地方，可不可以给家里打一个电话？不用经常打来，想起来时，打一个就好。"

旭子听得出母亲平静背后的担忧，他无法拒绝，点头说"好"。

然后，他背上行囊出发。从上海，沿长江西行过荆楚大地到达重庆，然后一路向北，翻过秦岭，越过黄河，沿河西走廊踏上丝绸之路，经敦煌过玉门关进入塔克拉玛干沙漠，越过天山，进入准噶尔盆地，一直到阿尔泰山脚的边境城市阿勒泰。

每到一座城市整顿休息时，旭子都会如约给母亲打电话。"妈，我到重庆了。""妈，我在西安。""到兰州了。""在乌鲁木齐，刚下车。""到阿勒泰了，快回家了。"……他给母亲打了十几个电话，有时兴奋，有时匆忙，有时疲惫，但母亲总是淡淡地"嗯"一声，随意地打听打听他的食宿，不动声色。

这是故事的前半段，历时9个月的旅程，跨越中国近10个省市，老师和旭子用异乎寻常的毅力创造了一次奇迹。在这个奇迹面前，有关母亲的那部分记忆是那么渺小，几乎不存在。

故事的后半段发生时,已经是 2016 年 4 月。因为一点小小的天灾,2016 年的春节旭子没能回家,想着爸爸的生日正好在中秋,干脆就等到中秋节再回去好了。于是我们约了五一一起去重庆,谁知道我前脚刚刚订了票,这兔崽子后脚接了一个电话,转身跑了。

来这个电话的不是别人,是旭子的爸爸。旭子的妈妈心脏病犯了,医院会诊后提出做搭桥手术,手术存在风险,要征求家属意见。签字笔放到旭子爸爸面前的时候,他忽然犹豫了,拿起又放下。他抬头对医生说:"你等我打一个电话,毕竟她做事不听我的,我得听听另外一个人怎么说。"

作为与她相濡以沫几十年的丈夫,他深知妻子的心一直系在另外一个人的身上,他半分也夺不回来,还不能争、不能抢。因为这个人,是他们的儿子。

旭子用最快的速度赶回武汉,陪妈妈做完了手术。住院观察的几天里,有一天,爸爸单位临时有事,要旭子回家替妈妈拿换洗的衣服。十几年从不进父母房间的他,笨拙地翻箱倒柜,却无意间发现了妈妈的秘密。

旭子发现了 12 个快递包裹,分别寄往全国 12 个不同的城市。按照时间顺序一字排开,正好可以拼出他去年的路线图,收件地址和电话都是他无意间透露给母亲的酒店客栈,收件人无一不是他的名字。

他坐在地上,一一拆开包裹。母亲寄出的内容形形色色,有腊肉干、抗生素,还有冲锋衣。那个上午,他守着一地乱七八糟的什物,努力回想早已被抛诸脑后的与母亲的电话内容。

"妈,我到重庆了。没感冒,就是这边下雨了,我有点咳嗽,没事。"

"妈,我在西安。这边的羊肉孜然味太重了,我吃不惯。"

"我到兰州了……嗯,温差大,晚上特别冷。"

……

他一边回忆,一边想象着母亲如何不动声色地从他嘴里套出住宿信息,然后戴着老花镜上网查询地址和联系方式。

他兴致勃勃地和老师开启了一场文化的朝圣之旅,却不知道母亲追在他的身后,用9个月的时间写下12封漫长的"信"。

有人说陪伴是最长情的告白,母亲的"信"太短,短到没有起承转合,短到没有写抬头落款,短到只剩下两个字,一笔一画地被写在收件人栏里。

可惜旭子行色匆匆,来不及收到这绵长的情意。母亲的快递一件件被寄出,又被一件件退回。

镇江,查无此人,退回。

重庆,查无此人,退回。

西安,电话错误,退回。

兰州,查无此人,退回。

……

他无法想象,母亲接到那一个个被退回的包裹时,该是怎样的心情——仿佛一颗心被全力地抛向他,却又被冷漠地轻轻送回。庆幸生活的安排,最终让他发现了这个秘密,让这个不懂事的大男孩,在这阳光晴朗的午后,守着12封沉甸甸的"信",哭得不能自已。

故事到这里告一段落,旭子在电话那一头沉默不语。他问我在想什么,我擦了擦眼角的泪水,尽量不让他听出我哭过。

挂了旭子的电话,我抬起头,凝望着眼前的长江。山城依旧美得令人沉醉,但此刻我竟然失去了停留的心情。我给妈妈打了个电话:"妈,重庆的火锅太辣了,辣得我脑袋疼!这儿天天下雨,一点儿都不好玩,我要回家,你给我包饺子,嗯,韭菜馅的……"

我们总是在追逐一些东西,十五六岁时追逐爱情,于是写日记、寄情书,奋不顾身;十八九岁时追求自由,于是说走就走,勇往直前;我们耗尽前半生去追赶下一站的风景,所以总是看不到身后的那个人用尽后半生的时间,只为追逐一个你。

沿途的美景虽然好,但是偶尔也请你回头,向身后的那个人挥挥手。

(摘自《读者》2016 年第 24 期)

压水花，我们是认真的

陈 飞

在 2021 年的东京奥运会上，年仅 14 岁的跳水小将全红婵跳出 3 个满分动作，以 466.2 的高分夺冠，这一成绩也成为女子 10 米跳台比赛的历史最高分。

看过那场比赛的朋友一定会为她精湛的跳水技术、优美的体态所惊艳，尤其是最后入水的一刹那，有网友惊呼："下饺子的水花都比这大！"

那么问题来了，跳水运动员们是怎样把水花压到最小的呢？

想压住它，要先了解它。由于物体具有质量和速度，在触碰到液体时会对液体表面造成冲击。若液体的流动性较好，即黏滞系数低，就会在受到冲击时向周围运动，从而溅起水花。随后，液体又为了填补物体落下后形成的空洞而回流，形成又一波水花。

但如果液体的流动性较差，即黏滞系数高，比如蜂蜜，即使受到较大冲击，液面也不易发生形变，自然就不易溅起水花。

显然，人体的质量以及从高台跳下后具有的速度都不是一个小数字，因此普通人跳水一定会水花四溅。

压水花靠的是技术

水面受到极大的冲击，却只溅起了少量水花，这一定是个技术活。

压水花的原理其实属于流体力学的范畴。入水前最重要的动作是把握时机打开身体，增加转动惯量，以"刹"住旋转并确保身体垂直入水。

起初，人们认为将双手合拢，呈流线型入水阻力最小，溅起的水花也最小。但有人在"冰棍"式跳水中发现，不绷直脚尖而用脚掌对水，压水花的效果更好。实验表明，楔形物体坠入水中时，水便会沿阻力最小的方向寻找出路，楔形物的斜面便是这个方向。而和方形物体碰撞的水主要做横向运动，因受到四周水的压力无法冲腾而起，这便是掌心向下水花更小的原因。

受此启发，后来的跳水高手大多开始使用手掌对水的"平掌撞水"压水花技术。入水前将两手叠放以减小接触面积，并且将身体收紧，让身体对水面的冲击力集中在一小块面积上。

当然，运动员除了要掌握好压水花的技巧，还要精准把握起跳、空中动作、身体打开时机，以及入水时如何控制身体垂直入水等。

成功的背后

运动员在赛场上摘金夺银，光彩照人，但成功的背后要付出很多代价。跳水运动员们为了发挥最好的水平，一个动作就要练习成百上千次。长时间高强度的训练导致身体某些部位的损伤，是十分常见的。

另外，为了更好地观察入水角度来控制肢体动作，运动员们不得不睁着眼睛往下跳，落水时水面对眼睛的冲击力非常大，很容易发生视网膜裂口或是视网膜剥落的情况。

成功，永远都不是一蹴而就的。

（摘自《读者》2022年第2期）

尊严不是无代价的

萨 苏

每当谈到抗美援朝战争，现代社会的舆论就非常复杂。我们为何而战？长眠在朝鲜冻土中的中华儿女，国家的利益和战略缓冲，进入中国台湾海峡的美国第七舰队，今天朝鲜对我们的态度，赢得世界的尊重，铁幕下的饥饿，军人的忠诚与勇敢，韩国的繁荣，军队转变为国防的象征，价值观的转变，出色的战术……千头万绪，令人无法评价。

而在那万花筒般的文字深处，我所看到的只有两个字——尊严。

在日本，我阅读了大量关于甲午战争的史料。出乎意料的是，战争爆发之前，日军不仅没有一举打到山海关的思想准备，甚至也没有短时期内打过鸭绿江的作战计划。对中国这样一个大国，日本人虽然知道它有软弱之处，但几百年前丰臣秀吉在大明的炮声中忧病而死留下的恐惧，依然使他们迈不开侵略的步伐。

是谁加速了日本军队杀进中国的进程？

日本人的记载中，答案有些荒唐——因为在平壤缴获了叶志超丢弃的大量装备，日军士气大振。清军陆军的装备很先进，军队却一触即溃，这令日军对中国有了"新的认识"。然而，他们还是遵令在鸭绿江边停了下来，并没有敢轻易渡江。

这时，对岸却来了一支清军骑兵——这就是所谓的"八旗铁骑"了。日军只有三十人的先锋部队隔江开枪射击，并且准备就地掘壕防守。不料，清军几百人的马队立即四散而逃，丢盔弃甲。于是日军小队长就自作主张渡江追击，后续的日军随即跟上。

违抗命令又如何？胜利者是不受责备的。确切地说，这些违抗命令的日本兵只是发现了一个事实。

从那一刻起，中国人的尊严在日本人心中荡然无存了。

从那一刻起，"九一八"事变和"七七"事变的种子已经发芽。只要中国稍有反抗，日本就要"膺惩支那"，因为，在日本人眼里，那个时代的中国人根本不配拥有"尊严"。

在日本人眼中是这样，在当时还是盟军的美国人眼中又是如何？电影《海鹰》里面有一个美国士兵用手电筒在国民党军官脸上照来照去的情节，那完全真实。在兰姆迦的军营里，中国的将军受到的就是这种对待。包括当时中国军队的统帅蒋介石，史迪威都可以毫不在乎地称他为"花生米"。据中国台湾的朋友讲，美国人的骄横跋扈，蒋介石也无法忍受，乃至派蒋经国砸了美国在台北的办事处，然后托词是暴民所为，赔钱了事，为的就是出一口气。

也只能出一口气，还是要赔钱的。蒋老先生没有别的办法，谁叫国民党的军队不争气，一个师竟让日本人的一个营追着跑呢？

那个时候，中国人没有尊严。

有人说，尊严有什么用？为了这个尊严，我们在朝鲜失去了几十万条人命呢。

没有正常人喜欢战争，特别是中国人，中华民族从来不是一个好战的民族。但是，尊严不是一种轻飘飘的感受，尊严是用事实宣告：中国，真的不会被轻易征服。

一个没有尊严的国家，就是在引诱他人入侵、践踏。古人云，"天与之财，不取不吉"，这是历史规律。抗战前中国不是没有军队，有几百万人呢。但是，人家还是来了。因为知道你好欺负，大好河山，你看不住你的家。

我们尊重为自由而牺牲的勇气，我们也知道，平等自由这回事，是有尊严的人、有尊严的国家之间的事情。所以，在朝鲜这块土地上，我们宣告的，就是我们有这样的权利。

抗美援朝战争打完之后，再没有任何一个国家敢到中国来侵占哪怕一个县城，跟中国讲条件。抗美援朝战争为我们赢得了尊严，也让我们拥有了享受和平的权利。从那以后，直到今天，对中国动武就成了一件令他们疑虑重重的事情。

志愿军的牺牲，为我们这些普通人赢得了和平的权利，得利的不是一家一姓，而是所有的中国人——甚至包括那些可能因为对中国发动战争而死的外国人。志愿军的血，为我们这些普通人而流。

中国人民志愿军的牺牲者，与青山同碧！

人们常常忽视已经到手的幸福，那么，为了不让我们在得到之后忘记，我们应当时常提醒自己："尊严不是无代价的！"

（摘自《读者》2021年第8期）

儿女泪与英雄血

李 楯

中国戏表达了一种"百年身,千秋笔,儿女泪,英雄血"的文化主题。有人说,中国人喜欢大团圆。其实中国人也有悲剧情怀:儿女、英雄,是相通的。

昆曲表现了这些,京剧也表现了这些。以至于有人专门著文,谈京剧老生唱腔的苍凉韵味,说那是一种人生的寂寞和孤独,内化于歌唱之中。听了,使人想到人生,想到天道。

什么是"儿女泪"呢?《西厢记》中有"碧云天,黄花地,西风紧,北雁南飞。晓来谁染霜林醉?总是离人泪!"这就是写"儿女泪"。

什么是"英雄血"呢?《单刀会》中关羽面对大江滚滚而去,想到赤壁鏖兵,想到当年那些风云人物,说这是"二十年流不尽的英雄血"。

英雄与儿女是相通的。是琴心剑胆、侠骨柔肠,甚至是英雄气短、儿女情长。《玉簪记》中有："秋江一望泪潸潸……这别离中生出一种苦难言，自拆散在霎时间"，以至于"心儿上，眼儿边，血儿流……生隔断银河水，断送我春老啼鹃"。

《牡丹亭》更写出"我一生爱好是天然"，写人对美好的追求；把人和生命写到了极致，把因性而生的情也写到了无限美好的境界——从因性而情，到由生而死，复由死而生。

我总觉得，"女为悦己者容"与"士为知己者死"同样惨烈。

京剧《霸王别姬》，写失败的英雄。项羽说："天亡我，非战之过也""力拔山兮气盖世，时不利兮骓不逝……"又是何等的悲怆、凄厉。

昆曲《钟馗嫁妹》中的"沦落英雄奇男子，雄风千古尚含羞"，又是何等的感慨、悲凉。

《青梅煮酒论英雄》和《横槊赋诗》写曹操，《红拂传》写虬髯客，是何等的情怀与作为。

再看看《白水滩》中写莫遇奇，《五人义》中写颜佩韦、周文元，《锁五龙》中写单雄信，《草诏》中写方孝孺，《骂贼》中写雷海青，《刺虎》中写费贞娥，又是何等的视死如归——"大丈夫在世，生而何欢，死而何惧""若能遂得平生愿，打尽人间抱不平"。

与儿女、英雄同在的，是天地之间、世间百态、人情世故。

中国戏常有指天指地的。《扫秦》中疯僧问："这上？"秦桧说："是天。"问："这下？"说："是地。"疯僧说："却不道湛湛青天不可欺。""湛湛青天不可欺"这句词，在京剧《徐策跑城》中也有。

同样，在戏中，包拯的定场诗是："乌纱罩铁面，与民断奇冤，眼前皆赤子，头上有青天。"正气凛然，正因为有所敬畏。

中国戏中，还有一种出自儒家思想的制衡理念。京剧《大保国》中，君臣相争，一人一句对唱的是，"地欺天来不下雨""天欺地来苗不生""臣欺君来该何罪""君欺臣来不奉君""子欺父来寿命短""父欺子来逃出门"。

中国戏中，一方面显示了一种法治追求，如《玉堂春》中的"任凭皇亲国戚，哪怕将相公卿，王子犯法庶民同，俱要按律而行"；一方面又有《打严嵩》中的小官要见大官，看门的就要"大礼三百二，小礼二百四"。有，就见；无，免见。

这些都给生活其间的人潜移默化的影响。人由于生存在天地之间，所以关汉卿写窦娥，要"感天动地"。中国曾经是一个农耕社会，所以反映在《天官赐福》中，人们的祈望是"风调雨顺""官不差，民不扰"。京剧、昆曲中大量的戏都表现天地之间的正气，人的秉性至诚和生民的愿景。

（摘自《读者》2023年第22期）

珠峰队长

沈杰群

8个不甘平凡的普通人，包括每天生活两点一线的白领、卖掉自家小店的店主、背负沉重绩效指标压力的销售员、在成功与失败之间挣扎的创业者……

2019年，他们和7名高山向导一起，在队长苏拉王平的带领下，经历40多天的艰难攀登，终于成功登顶珠穆朗玛峰。

电影《珠峰队长》记录了这支由普通人组成的民间登山队，朝世界之巅一步步靠近的攀登全过程。

作为川藏高山向导协作队（即川藏队）的创始人，"珠峰队长"苏拉王平从事登山运动已有21年。在一次次向高海拔雪山进发的过程中，他渐渐有了一个"雪山电影梦"，想拍出一部珠峰电影，让只有少数人能欣赏到的雪山极致之美被更多人看见。

《珠峰队长》不仅展现了探险者冲顶的热血，还真实记录了返程的不易，以及他们重返日常生活的平静。登顶是热血与梦想，返回才是人生。

"放牛娃"的梦想

苏拉王平出生在四川阿坝黑水县三奥雪山脚下的八家寨，这个仅有8户人家的山寨近乎与世隔绝，他们主要的经济来源是种地、放牛、放羊和挖草药。

一次机缘巧合，国内优秀的攀登者孙斌、次落、马一桦等人来到三奥雪山进行登山考察，苏拉王平申请加入他们团队担任背工，自此开始了改变自己一生的登山之旅。

这是他第一次见识专业的登山活动，突然意识到，虽然自己从小就在这座山上放牛放羊，但从未真正认识这座养育自己的大山。

"登山考察队把我带到成都。我才发现，哇，原来'靠山吃山'还有更好的选择啊！一座雪山火了，能够带动一个地区的经济。"

从事登山协作两年后，苏拉王平逐渐摸索出了属于自己的技术系统。回家探亲和从小一起长大的伙伴们相聚时，他萌生出一个大胆的想法：成立一支登山队。

"这些藏族伙伴和我一样自小生长在雪山下，有着城里人所不能比的强大体能天赋和地形熟识度，以及灵敏的反应力、判断力，只要把登山技术以及服务意识培养起来，他们就是最优秀的高山向导。"

2003年10月，苏拉王平带着和他一起长大的6个兄弟，成立了"川藏队"的前身——三奥雪山协作队。

"队伍刚成立的时候很艰难，因为大家不懂这个行业，也不知道前途到底会怎么样。"苏拉王平说，早期他带着这些伙伴培训大概3个月，不仅给他们传授登山技术，还自掏腰包给大家发放生活补贴。他笑言，因为这些兄弟结婚早，个个都是家中的壮劳力，如果每天跟着自己学登山而没有收入，家人"肯定不放他们出来了"。

19年时间过去，川藏队从最初的7名队员发展为56名具有高山向导从业资质的藏族协作队员和10余名工作人员。"川藏队养活了差不多上百个家庭。"苏拉王平说，他兑现了当初对老家伙伴们的承诺：通过登山，不少队员已经开上了越野车，有的还在都江堰买了房子。"他们出来以后，眼界打开了，思路也打开了。"

队长苏拉王平，也实现了从"放牛娃"到"珠峰队长"的人生逆袭。

让普通人看到珠峰

"我们登山者经常讲，'身体在地狱，眼睛在天堂'，那是普通人看不到的景致。"苏拉王平说，他每次登山都想把整个登山过程记录下来，但文字和图片很难完整还原雪山攀登过程中的壮阔美景和惊心动魄。

中国目前有500多人登顶过珠峰，只有他们知道登上珠峰能看到什么。"我想让更多普通人在电影院就能身临其境地感受攀登珠峰、了解珠峰。"所以他产生了用视频记录攀登过程的念头。

但专业的剧组很难上珠峰，"我能做的就是让我们的高山向导变成高山摄影师"。电影《珠峰队长》的摄影师，不是从外面聘用的，而是苏拉王平从高山向导队伍中一手培养起来的。为了这部电影，川藏队准备了超过10年的时间。

现在，川藏队内已培养了近10名可以在高海拔雪山攀登过程中拍摄的高山摄影师，其中还有4名无人机航拍手。

2019年4月8日，8名登山队员和川藏队7名高山摄影师一行15人组成"珠峰登山队和珠峰攀登纪录片摄制组"，从成都出发前往尼泊尔。经历40多天的艰难攀登，他们成功避开了珠峰"大堵车"，于5月15日登顶，成为2019年全球第一支登顶珠峰的队伍。

苏拉王平说，高山摄影师除了要背负足够的氧气，还要额外背负摄影器材和备用电池，等于全程负重攀登。他们在保证安全的前提下，还要稳稳地拍摄这条陡峭艰险的攀登路上的各种镜头，"他们才是真正的幕后英雄"。

另外，过高的海拔和极低的气温，对所有摄影器材的正常运转和保护提出更高的要求。为了防止电池因低温没电，摄影师们白天会把备用电池放在贴身衣兜里，晚上则塞进睡袋。

苏拉王平说，拍摄团队无意中创造了一项世界纪录：中国首部海拔在8470.2米以上实现无人机起飞航拍的珠峰电影。

在海拔8000米以上的"生命禁区"，航拍手必须冒着双手被冻伤截肢的风险摘掉手套进行操作，以保证精准操控无人机。拍摄过程中一台无人机忽然失控，差点丢失。

"他们冒着生命危险将珍贵的珠峰镜头多角度全方位完整地记录了下来，拍摄的有效素材长达21个小时，无人机最高起飞海拔达到了8400多米。"苏拉王平说。

自己生活中的珠峰队长

苏拉王平对珠峰和拍一部攀登珠峰的电影执念有多深？他的手机和

微信号，尾部4个数字都是"8848"。

他说："2019年，我们终于准备好了。"

"拍这部纪录片的意义在于，很多年以后，等我80岁、90岁的时候，这部片子一定还会有很多人去看。"苏拉王平如是感慨。

在电影中，这支民间登山队在尼泊尔的珠峰南坡集结出发，穿越裂缝深不见底的恐怖冰川，攀上高达千米的蓝色冰壁，爬过山体岩石断面的"黄带"，面对"窗口期"极端的恶劣天气和可能发生的冲顶"大堵车"，他们朝着世界之巅一步步靠近。

《珠峰队长》中颇为耐人寻味的一点是，影片并没有在全员登顶的"高光时刻"结束，而是很详细地展现了登山队下撤的过程。

苏拉王平解释，一次完整的登山过程，登顶固然算是成功，但是在下撤过程中将面临更多风险，出意外的可能性很大。"我觉得下山更危险。因为大家上山时很多路段是人出于本能反应往上走，拼了老命上去，感觉不到山体有多陡。往下走的时候你可能都不敢相信你是从这条路上来的，而且下山更需要体能。"

由于天天都在担忧每个队员的身体状况和次日的登山路线，攀登珠峰40多天，苏拉王平瘦了20斤。

一次成功登顶，会给普通人的生活带来怎样的影响？

《珠峰队长》结尾，展现了每个队员重返日常生活后的片段与感悟。

队员健健说："我需要去追求一些我生活以外的东西，追求其他的梦想。"

一名女队员则表示，刚开始母亲反对她登山，因为毕竟很危险。"可是当我的母亲接触了登山的这个群体后，觉得他们非常阳光、充满正能量……女儿在做一件非常有意义的事情，所以她也由衷地自豪。"

还有一名队员"车夫"为了凑齐登珠峰的钱，卖掉小店，还借了一些钱。"做了这么多事情，有些人现在问我后悔不后悔，我依然认为我不后悔。我想总得做一件自己觉得值得为它付出的事情。"

而队长苏拉王平，平日里也经常会去向导兄弟的家中看看，跟他们一起聊聊过去的登山经历。

"经历了珠峰的生死攀登，我想说的是，活着真好，我们应该好好地活在当下，珍惜身边所有的一切。一个人一辈子可以不登山，但心中一定要有一座大山。我相信每个人都可以成为自己生活中的珠峰队长。"

（摘自《读者》2022年第20期）

我这个人

范　用

我的一生，说起来很简单。我出生在一个小商人家庭，独生子，十四岁以前娇生惯养，十五岁离家自食其力，十六岁加入中国共产党，一辈子做出版工作，六十四岁退休。

在家里，对我最有影响的两个人，是外婆和父亲。

外婆是个能干的人，遇事有主见，有魄力。在那个时代，像她这样的女性不多见。她年轻时，跟着外公到镇江，先在洋浮桥开豆腐坊，之后又开酒店、染坊，最后在西门大街开了爿百货店，还有几部缝纫机，做洋服、学生装。如果是现在，她就是很会做生意的个体户。

她爱交朋友，从银楼、酱园、自来水厂老板，到茶楼跑堂、锡箔庄师傅、卖菜的、倒马桶的，都有她的朋友。

我的父亲正好相反，没本事，没主意，从小到镇江当学徒。外婆看他人老实，要他做上门女婿，又把百货店交给他，让他当老板。可是他不会做生意，年年亏本，把本钱蚀光了，还欠了不少债。他觉得对不起外婆，两次自杀未遂，1963年一病不起，给他看病的名医叶子丹大夫对我说："你爸爸是急死的。"

几十年后，看电影《林家铺子》，它把我带回到范家铺子。不同的是，林老板出门躲债，我父亲躲不了债，死了。他一死，债主拍卖了范家铺子。

外婆和父亲，两个人的性格完全相反：外婆很坚强，我没见她叹过气；父亲却非常软弱，成天唉声叹气，我没见他脸上有过笑容。后来在困难的时候、倒霉的时候，我就会想起外婆，告诉自己要做一个坚强的人。我也有软弱的一面，怕出头，老是躲这个、防那个，就像父亲躲债一样。大概是现在生活好了，又怕失去什么，有包袱，不像年轻时毫无顾虑。

母亲对我可以说没有什么影响。她是个旧式家庭妇女，一个口中念着阿弥陀佛的人。她打年轻时起，守了三十几年寡，1969年死的时候，身边没有一个亲人，我这个做儿子的总觉得欠她什么。我一生只对她说过一次谎，那一年去干校没有告诉她，只说出差去了，就此永别。

父亲死了，家里破产了，一家人的生活成了问题。我开始尝到被人瞧不起的滋味，上了人生的第一课，知道了什么叫"势利眼"。

第二年我小学毕业，外婆说就算借债也要让我上学，她就是什么都要争口气。好不容易凑钱把我送进了省立镇江中学，开学不到两个月，日本人打来了，学校解散，学费全丢了。从此，我再也没有上过学，以后做事填表，学历一直写的是"小学毕业"，为了好看一点，有时就写"中学肄业"。要是现在，我是没资格进出版社大门的。1937年10月底，外婆给我八块银圆,让我外出逃难。我到汉口找到舅公,没想到三个月后他也病死了,吃饭又成了问题。

舅公做事的书局,二楼租给一家出版社办公,就是读书生活出版社,我每天都到这家出版社玩,跟那里的先生们混得很熟,尤其是几个青年人,像大哥哥一样待我。出版社经理黄洛峰先生看我手脚灵活,便收我当练习生。我有了一个饭碗,说不出的高兴。当时我不知道这家出版社是中国共产党领导的,只觉得这里非常自由,人人平等相待。我常常一面做事一面唱歌,唱得同事孙家林先生求我:"小老子,你不要唱好不好!"你看,够淘气吧。我第一次领到8块钱薪水,真想交给外婆和妈妈!

在出版社,起先我做收发工作,每天收信、寄信、送货,给几千个订户寄杂志——党的公开刊物《群众》周刊。我的字写得不好,七歪八倒。黄先生订了个本子亲自教我练字、写信。后来我才知道黄先生是1927年入党的老党员。打算盘我是跟新知书店的华应申先生学的,他也是老党员。就这样,边干边学,我在读书生活出版社工作了11年,学习了11年,算是有了点办事能力。出版社就是我的家,出版社就是我的学校。

1939年到1946年,我在重庆、桂林工作,出版社的所有工作我都干过:打包、送信、杂务、邮购、批发、门市、会计、出版、编辑,有时我还设计书的封面。没有人叫我干,我是出于个人爱好自己要干的。我喜欢把书印得像样一些,打扮得漂亮一点。1966年,我在人民出版社又学会打扫修理厕所、烧锅炉,也有用处,后来家里这两样活都归我干。

1938年春天,出版社同事赵子诚(又名刘大明)介绍我加入中国共产党。1939年秘密宣誓的时候,生活书店的华风夏监督,后来他去延安参加党的第七次代表大会，回来路过成都被捕牺牲。他是一个好党员，我永远不会忘记他给我监誓的情形，更不会忘记自己的誓词。

抗日战争胜利后，1946年我被调到上海工作。不久，解放战争爆发，出版社不能公开活动，转入地下，同事有的进入解放区，有的转移到香港。我和几个同志留在上海，除了出版社的工作，还有党组织安排的一些别的任务，为解放上海做准备。

1949年5月，上海解放。再也不用东躲西藏，我被调到军管会工作，穿上了军装。我高高兴兴到镇江看望外婆和母亲，穿着这套军装同她们照了张相。她们一生只照了这一张相，我一直将它挂在我的床头。八月，我调到北京工作，直至退休。

就这样，我做了50年出版工作，虽然是平凡的工作，但很有意义。我们有明确的目标：过去是为了推翻压在中国人民身上的"三座大山"；现在是为了振兴中华，也为了我们的子孙后代能够生活在一个理想的、幸福的社会。我热爱这份工作，看重这份工作。倘若有人问我：你的乐趣是什么？我会说：是把一部稿子印成漂亮的书送到作者、读者的手中，使他们感到满意。

我最大的毛病是性子急，脾气不好，常常得罪人。如果说我有什么长处，我想，做事勤快、为人坦直，可以算两条。我厌恶说假话，厌恶势利眼。我最大的爱好是读书看报，一天不看，难过得要命，这大概跟我干出版这一行有关。此外，我喜欢唱歌，听音乐，是个"漫画迷"，还喜欢游泳，喜欢交朋友。跟年长的人在一起，我可以学到不少东西；跟年轻人在一起，我这个老年人也变得年轻了。

我的老伴是我年轻时的同事，我们没有媒人，没有花一分钱，自己结的婚,生了一男一女,如今又有了孙女、外孙女。如果我能再活几年,说不定就做太爷爷了。

(摘自《读者》2021年第6期)

一元人间

曾诗雅　蒋瑞华

1

一块钱，面值不大，意义万千。

2022年，在北京海淀区紫竹桥附近的宫门口馒头店，一块钱可以买到一个最普通的戗面馒头。因为物美价廉，这里每天都有人排长队。

一块钱能买到两度电，理想状况下，可以给一个手机充满100次电。

新冠疫情时，地铁站出现了口罩自动贩售机，口罩一块钱一个。

如果你喜欢某一款微信付费表情包，花一块钱就可以轻松拿下。

一块钱还可以在网上买小学生的自制文具盲盒，或在路边坐一次喜羊羊造型的儿童摇摇车。

宜家进入中国 24 年，卖得最多的可能不是沙发、台灯和杯子，而是售价一块钱的圆筒冰激凌。2020 年，31 家宜家门店一共卖出 1950 万支冰激凌，平均每天卖出 5.3 万支。一块钱售价是一种销售策略：让所有去宜家的人相信，宜家的产品都是以低廉的成本价在销售。

到了浙江义乌，一块钱的发卡、耳钉、头绳、杯垫太过常见，一块钱的羽绒服略微让人吃惊，但它不以件来售卖。一个专门卖库存衣服的批发商，他店里的所有衣服都只卖一块钱一件，但需要一万件起批。

四川成德南高速公路的金堂服务区，为货车司机们提供"一元住宿"的服务。只要司机们自带被褥，每晚花一块钱，就能住上有空调、热水、彩电的酒店式标间。这应该是全国最便宜的住宿价格。

一块钱能买到一张火车票。编号 7054 的绿皮火车，从山东泰山开往淄博，这趟列车已经运行了 48 年，在 184 公里的旅途上，它会行驶 4 小时 20 分钟，停靠 17 个车站。如果你从泰山出发，去往只有一站之隔的燕家庄，票价是一块钱。7054 次列车内没有空调，没有餐车，烧水和供暖都是靠最传统的煤炉。这列火车的时速为 32 公里，不及今天高铁速度的 1/10。而乘坐这列火车的人，最富有的就是时间。伴随着"哐当哐当"的声响，车窗外广袤的平原似乎也在慢慢晃动。

前往广东汕头海滨路 3 号，搭乘票价一块钱的轮渡，你就可以欣赏到海上的夕阳。1200 多公里外的江苏南京中山码头，买一块钱的船票，你就可以坐轮渡去看江上的黄昏。太阳沉下来，一头是城市里鳞次栉比的高楼亮起了灯光，另一头是老南京北站的旧址披上了霞光。如果你沿着旧铁轨走上 100 米，还会发现一对夫妻正在卖烧饼，咸口的，一块钱能买两个。

2

一块钱见证了时光流转。家住山东东营的小镇青年阿斌，12年来常去镇上的一家网吧，那里的上网费从他中学时的1元/小时涨到了后来的2元/小时。这两年网吧生意不好，上网费又回落到1.36元/小时。12年里，这家网吧换过一次地址，也换过一批设备，家具却没换，桌面早被磨光了，皮椅包了浆；那群偷偷打游戏的少年考上了大学，纷纷离开小镇。这几年，来网吧的人变少了，店面缩小为原来的一半，里头再也看不到打游戏的少年，"全是一群四五十岁的中年人"，打的游戏也很"古早"，《传奇》和《魔兽世界》。年轻人离开故土，小镇网吧成了"老一辈人"的精神乐园。

一块钱包含着时代发展中的复杂纠纷。重庆赵女士，买了进口白虾后，白虾的核酸检测结果呈阳性，很快，网络上传出一份名单，详细记录了赵女士的姓名、电话、身份证号码、住址。她把散布名单的营销策划公司告上法庭，要求赔偿一块钱，最终胜诉了。这是疫情时代，第一例与"新冠"有关的侵犯公民隐私权的纠纷案。

在商业世界里，许多新兴经济体的成长都是从一块钱开始的。如果你愿意下载短视频手机客户端，可以通过出卖时间和注意力挣到一块钱。打开短视频手机客户端后，手机屏幕的左上方会出现一个小红包，红包外圈的进度条不停地转动，转满一圈需要30秒。一开始，看30秒视频可以得到150个金币，后来金币会逐渐减少到30秒40个，10个，5个。要看多少小时视频才能赚到一块钱？有人以自己的经验为例回答，他看了两个小时视频，赚了5000多个金币，而10000个金币能兑换一块钱——时间成本太高了。

3

一块钱的购买力在减弱。16年前，天涯论坛上300多名网友一同讨论一个问题："一块钱在你们那儿能做什么？"吃，是被提及最多的。当时的一块钱在武汉大学工学部食堂能买两个肉包子或一碗热干面，在四川内江可以买到4串素的或者两串荤的钵钵鸡。答案里还有一碗只加基础料的漳州四果汤、两片长沙臭豆腐、一支广州五羊牌绿豆爽、一副杭州小吃葱包烩……

帖子的最后一个回复写于2010年3月，有人说："差不多4年时间，物价涨了好多啊。"如今，武汉大学食堂的热干面涨到了一碗4元，杭州灵隐寺边上的葱包烩一副5元，甚至是这篇帖子所在的天涯论坛，也被人称作"互联网遗址"。而另一家创立于1998年的网络社区——西祠胡同，是初代网民的青春记忆，鼎盛时注册用户数量达到3000万。2022年，它以一块钱的挂牌价格转让500万股股份。

是的，一块钱能买到的东西越来越少了。但撕开生活的裂缝，人们又能察觉到，一块钱的意义有了延伸。

北京城里，努力去赚一块钱的，一定有在小区里捡垃圾的老人。1.3元/公斤的纸箱、书本、塑料瓶，都值得他们穿梭在楼道里、垃圾桶前。住在亚运村附近的梅阿姨今年70岁，捡垃圾不为赚钱。6年前，她的老伴得癌症去世，日子难熬，她想找些活儿做，捡垃圾每赚一块钱，都能让她消磨掉一段孤独时光。

年轻人赚和花一块钱的方式更新奇和有趣。有人在微博发起了"一块钱广告位"项目。通过这一块钱的广告，人们可以展示"奇怪的点子、瞎搞的活动、奇异的需求、冷门的癖好等"。在这个广告位上，一个刚出社会就决定退休，如今在景德镇造船的设计师，召集同好者向自己学习这项浪漫而无用的技能。

一块钱还能映照生死。76岁的吴光潮，每出诊一次，只收一块钱。他在浙江建德梅塘村的卫生室当了39年村医，因此大家都叫他"一元村医"。

在江西省肿瘤医院西侧的一条小巷里，藏着一个"一元厨房"——炒素菜1元、荤菜2元、炖汤3元，厨具和调料免费。这里原先是个早点摊。10年前，一对夫妇推着患骨癌的小孩前来借火，后来，从肿瘤医院找来的病人家属越来越多：一个女人得知丈夫无法医治后，准备回家，走之前，哭肿了双眼的她到"一元厨房"和店主万佐成夫妇拍了张合影，两个月后，她打来电话，说丈夫去世了；一个男人用心地照顾瘫痪的妻子，却还是失去了她，妻子走之前吃的是他在"一元厨房"里做的肉饼汤——这可能是一块钱能抵达的最伤感之处。

（摘自《读者》2022年第12期）

永远的"帕米尔雄鹰"

陈小菁　张　强　胡　铮

2021年1月4日，是一个雪天，在新疆喀什大学进修的拉齐尼·巴依卡听到校园湖边传来一位母亲的哭喊呼救声。她年仅6岁的儿子在结冰的湖面上玩耍，一不小心掉进了冰窟窿。来不及细想，拉齐尼直奔冰窟窿。然而，冰面再次坍塌，他不慎跌入湖中。湖水刺骨冰凉，拉齐尼渐渐体力不支。还剩下最后一丝气力时，他用一只手臂拽住孩子，另一只手臂奋力向上托举，将生的希望留给了男孩。最终，孩子得救了，拉齐尼的生命却定格在了41岁。

41岁，拉齐尼年轻的生命如流星划过天空。他走了，带着诸多未实现的梦想，带着诸多遗憾……

"不能让界碑移动哪怕 1 毫米"

拉齐尼·巴依卡离开那天,帕米尔降下了一场小雪,清冷的空气中透着悲凉。

16 年,5840 天。帕米尔,是拉齐尼守护的家园。

拉齐尼的家,在海拔 4100 多米的木孜阔若通道入口,这里位于帕米尔高原腹地。

拉齐尼所在的塔吉克族牧民家庭,一共出了 13 位护边员。祖父、父亲、拉齐尼,他们一代接一代守护着祖国西部边境线。

半个多世纪前,红其拉甫边防连成立,哨卡建在海拔 4300 米的帕米尔高原上。

塔吉克族祖祖辈辈都居住在帕米尔高原,一出生就和牦牛为伴,常年奔波在冰河雪峰间,自然而然地成了边防官兵巡逻的"活地图"。

拉齐尼的爷爷凯力迪别克·迪力达尔,是中华人民共和国成立后的第一代护边员。他告诉孩子们,中华人民共和国成立后木孜阔若通道只有三四户人家,自己那时经常配合解放军执行任务,战士们也经常吃住在他的毡房里。

当时,解放军交给凯力迪别克一项任务:"不能让界碑移动哪怕 1 毫米!"

"我们人在哪里,边防线就在哪里,一定要守好边防线!"这句话,凯力迪别克记了一辈子。他要求子孙们谨记在心、代代相传。

吾甫浪沟,是中巴边境的一条重要通道。官兵在沟里巡逻一趟,要翻越 8 座海拔 5000 米以上的达坂,还要蹚过 80 多次刺骨的冰河。军用地图上,吾甫浪沟被密密麻麻的"等高线"包围着。至今,它仍是全军唯

——条只能骑乘牦牛巡逻的边境线。穿行这条"死亡之谷",离不开一个经验丰富的当地向导。

得知边防官兵要巡逻吾甫浪沟,凯力迪别克主动请缨当向导。从此,凯力迪别克的子孙们便和红其拉甫边防连的官兵并肩巡逻。

"我的爷爷曾和解放军一起,用军马驮着界碑走了五天五夜,将界碑立在吾甫浪沟的点位上。"红其拉甫边防连指导员王立至今不能忘记,拉齐尼聊起这件事时脸上的兴奋神情。

1972年,拉齐尼的父亲巴依卡·凯力迪别克正式成为一名护边员。他一干就是37年,直到疾病缠身,才被迫离开巡逻队伍。

37年时光,巴依卡陪伴边防官兵走遍一座座雪山、一条条深沟,行程3万多公里,战友们送给他一个美誉——"帕米尔雄鹰"。

1986年夏天,身患重病的凯力迪别克到了弥留之际,连队战友瞒着巴依卡踏上了前往吾甫浪沟的巡逻路。巴依卡得知后,趴在父亲床前,流着眼泪说:"阿爸,巡逻队出发了,我不放心……"

辞别父亲,巴依卡追上巡逻队伍。

33天后,巴依卡风尘仆仆地赶回家中,父亲凯力迪别克已经离世20多天。

1991年1月,不幸再次降临。寒冬,巴依卡随巡逻官兵前往一个偏远点位巡逻,被风雪围困了整整半个月。一天又一天,望着外面铺天盖地的风雪,他牵挂着即将临产的妻子……那一刻,巴依卡并不知道噩耗将如风雪般袭来——因为难产,他的妻子不幸离世。

母亲去世时,拉齐尼只有11岁。他从小跟着父亲在边境线上长大。在巡逻路上,父亲给他讲爷爷巡边的故事。耳濡目染,拉齐尼总觉得自己身上流淌着卫国戍边的血液。

2004年，接父亲的班，拉齐尼正式成为一名护边员。

当时，护边员不但要掌控边境信息，还要看护一个物资库。物资库位于边境线附近，两间地窝子住人，一间存物资，几个护边员值一个月的班，回家休息一天，遇上大雪封山断粮，只能把字条绑在狗的脖子上，让狗回家报信。

一年深冬，山上极冷，连续值班的拉齐尼实在待不住了，留下一人值班，他带着3个护边员跑回了家。没想到，刚到家就被父亲巴依卡一顿责骂，当天父亲就把他"踹"了回去。

2009年，巴依卡被国务院授予"全国民族团结进步模范个人"荣誉称号，受到国家领导人的亲切接见。父亲受到接见的那天，拉齐尼还守在雪山上。他一个人呆呆地站在山口，望着北京的方向，许久许久……

"我把最珍爱的东西交给你了"

2001年11月，巴依卡带着儿子拉齐尼，找到了在红其拉甫边防连蹲点的喀什军分区领导，请求把唯一的儿子送到部队锻炼。

那位领导笑着问："你就这一个儿子，舍得吗？"

巴依卡认真地说："保家卫国是大事，我舍得！"

两年的军旅生涯，让拉齐尼对军人的使命有了更深的认识。2003年，父亲的身体每况愈下，拉齐尼放心不下父亲守护的边境线，选择了退役。

2004年，巴依卡最后一次巡逻吾甫浪沟，带上了24岁的拉齐尼。在路上，巴依卡将自己手绘的"巡逻图"交给拉齐尼。他标注了这条沟里的险段、坡度、冰河温度、宿营点以及防卫野狼的方法……接过父亲巴依卡精心绘制的图，拉齐尼泪流满面。那一刻，巴依卡的眼睛也湿润了：

"我把最珍爱的东西交给你了,这个棒你要接好。"

翌年七一,巴依卡特别高兴。因为表现突出,经部队推荐,塔什库尔干塔吉克自治县委组织部门考察,拉齐尼光荣地加入了中国共产党,成为家中第三名党员。

"祖国给了我们这么多,为国护边这条路,我一定要走下去。"拉齐尼这样向父亲保证。从此,拉齐尼像父亲一样巡边,他越来越熟悉这里的每一条沟、每一座山。他身上的每一道伤口都是故事。

那年冬天巡逻,拉齐尼攀爬悬崖,脚趾被尖石割开了一道深深的口子。他瘸着脚忍着疼,继续巡边。几天后,脚化脓了,连路都走不成,他才去医院治疗。

医生把拉齐尼训了一顿:"你不爱惜自己的身体,命都没了,咋护边呢?"那天,医生给他缝了5针,他的伤一个多月才好。

拉齐尼的妻子阿米娜说,只要丈夫出门巡逻,不管什么时候她都把手机带在身边,要是深夜就把手机放在枕边,放心不下就给他打一个电话;有时候实在担心得受不了,就干脆陪着他一起去巡逻。

在帕米尔高原守防,几乎所有护边员都患有偏头疼、关节炎、高血压……阿米娜说,拉齐尼患关节炎已10年,最近几年腿脚越发不听使唤,他甚至会忧心,自己护边的日子"到了头"。

"什么时代了,你还在山里巡逻?"总有人这样问拉齐尼。

拉齐尼想起爷爷和父亲,坚定地说:"我的家在这里,守护住了国门,就守住了家。对国家忠诚、回报祖国是我们家祖辈留下的传统,祖国把边境线交给我们,我们就要守好。"

一辈子做好一件事,很难,但值得。

2015年2月11日,拉齐尼来到北京,受到了习近平总书记的亲切接见。那天，他向习近平总书记汇报了自家三代爱国守边的故事。2018年，作为护边员，拉齐尼有了新身份——全国人大代表。为了更好地履行职责，拉齐尼经常到牧民家走访，把大家的心声带到两会上。

路走得再远，在他心里，永远想着家。

"一盏一直亮着的灯，你不会去注意"

再次带队踏上巡逻路，上士肖瑶还是习惯性地抬头，往队伍前方看了又看。

以前走在这条路上，队伍前方的那个人一定是向导拉齐尼。

脚下的路还是那条路，远处的群山依旧雪白，只是拉齐尼再也回不来了。

低下头，想起往昔一起巡逻的画面，肖瑶鼻头一酸。

一个多月前，也是前往同一个点位执勤。出发前肖瑶望着阴郁的天空，忧虑也渐渐漫上心头。

"暴风雪要来了……"肖瑶将自己的顾虑和盘托出。拉齐尼笑着宽慰道："别担心，有我呢！"

"只要大叔在，心里就踏实。"战友眼中的拉齐尼属于帕米尔高原，他熟悉这里的一切，他就是"帕米尔雄鹰"。

巡逻队出发，看到队伍中拉齐尼走路一瘸一拐的样子，肖瑶一问才知：大叔的风湿病犯了，腿疼得厉害。

为了参加这趟任务，拉齐尼在腿上缠了两层塑料薄膜保温……要不是那天巡逻归来，这个"秘密"被上等兵王真偶然发现，肖瑶还一直被蒙在鼓里。

战友眼中的拉齐尼是一个话不多的人。

可大家也知道大叔是一个"嘴上不说，心里有"的人。连队每一个点位的情况、每个战友的脾气性格，拉齐尼都熟稔于心。他是大家的"定心丸"，有他在前方，再难走的路也不再难走。

走在巡逻路上，中士李亮的心情就像头顶阴沉的云。身旁这头牦牛，过去一直跟着拉齐尼。以往每次中途休息时，李亮都会帮拉齐尼卸下牦牛身上的物资，两个人就坐在一起聊天。

几年前，就在这条巡逻路上，李亮和战友翻过雪山来到冰河边。

正值盛夏午后，官兵骑牦牛渡河，水流突然变得湍急。水下布满乱石，湿滑无比，李亮骑的那头牦牛突然右前蹄一滑，一个趔趄，眼瞅着连人带牛就要跌入河中……拉齐尼刚要上岸，回头发现李亮遇险，马上跳下牛背，半个身子扎进冰冷的河水。水流太急，拉齐尼使不上劲，他用肩膀顶着牛背，双手一起用力，终于连牛带人一起推上岸。

那年隆冬，19岁的上等兵王伟楠从牦牛背上摔了下来，掉进雪洞。王伟楠掉落的地方，松动的积雪不断塌陷，他也跟着往下滑……战友们一下子慌了神。拉齐尼急中生智，脱下身上的大衣甩给王伟楠，自己随之卧倒在洞口，双手紧紧拽着大衣。

"抓住我的脚，用力拉！"拉齐尼大喊一声。最终，在战友们的齐心努力下，王伟楠被拖了出来。

回营路上，拉齐尼把大衣披在浑身湿透的王伟楠身上。等天黑到了连队，拉齐尼发起了高烧……那天，守在拉齐尼床边，王伟楠哭了。

战友眼中的拉齐尼就像一盏灯。"一盏一直亮着的灯，你不会去注意。但如果它熄灭了，你就会注意到。"拉齐尼突然走了，王伟楠不舍，在他心里，属于大叔的那盏灯永远不会熄灭。

雪落帕米尔，塔吉克族牧民尼亚丁家的灯还亮着。这一晚，在心中给拉齐尼留一盏灯的，还有熟悉他的牧民们。

那年冬天，暴风雪说来就来，提孜那甫乡积雪有半米多深。在山口外的冬季牧场，雪更深一些。尼亚丁和儿子阿楠赶着他们家的上百只羊往回撤时，遇上风吹雪天气，被困在海拔3200多米的山口。

阿楠在风雪中挣扎3个多小时赶回乡里求援。拉齐尼闻讯，立即召集3名村干部，携带急救用品骑马赶往事发地点。历经两个多小时，他们终于找到了尼亚丁。被困在暴风雪中，60多岁的尼亚丁已经冻得嘴唇发紫。拉齐尼立即脱下大衣裹在尼亚丁身上，把他扶上马，就这样一手牵着马，一手扶着尼亚丁，深一脚浅一脚地走回村子。

拉齐尼·巴依卡是那么平凡。3间不大不小的房屋，就是拉齐尼的家。墙上的照片是唯一的"装饰"。拉齐尼年逾七旬的父亲巴依卡·凯力迪别克，轻轻抚摸着照片上儿子的面庞，止不住地流泪。照片上的他，戴着一顶普通的塔吉克族特色毡帽，紫红的面庞，一脸憨厚的笑容，唯独那双眼睛透着光亮。这光亮给人以温暖。当人细细揣摩这双眼眸时，读到的是一种淳朴、一种真挚、一种坚定。

在这位老护边员心里，拉齐尼作为护边员代表接受习近平总书记接见的这张留影，承载了他们一家三代接力护边的荣耀，是如此珍贵。

拉齐尼11岁的儿子拉迪尔·拉齐尼，一直躲在母亲阿米娜的身后。阿米娜的眼睛哭得红肿，她用手摩挲着儿子柔软的头发，说："爸爸出门巡逻去了，要过很久才回家……"

雪落帕米尔，红其拉甫边防连官兵的心情也如这阴郁的天气一般。官兵们不愿相信，几天前还在一起巡逻的那个比亲人还亲、总是给人温暖的拉齐尼大叔，走得那么匆忙，甚至没来得及和他们道别。

拉齐尼不辞而别,但帕米尔高原知道,拉齐尼的守护一直都在。

(摘自《读者·庆祝中国共产党成立100周年特刊》)

厮守，一眼千年

樊锦诗

敦，大也；煌，盛也。

那时，我第一次见到敦煌，见到黄昏时分古朴庄严的莫高窟。远方铁马风铃的鸣响，让我好似听到了敦煌与历史千年的耳语，窥见了她跨越千年的美。

1962年，我第一次到敦煌实习，当时满脑子都是那些一听就让人肃然起敬的名字：常书鸿先生、段文杰先生，等等。对我而言，敦煌就是神话的延续，他们就是神话中的人物啊！我和几个一起实习的同学跑进石窟，震惊到只剩下几个词来回重复使用，所有的语言都显得平淡无奇，再华丽的辞藻与之相比都黯然失色了，我满心满脑只有："哎呀，太好了，太美了！"

虽然对大西北艰苦的环境有一定的心理准备，但水土不服的无奈、上蹿下跳的老鼠，至今想起时仍心有余悸。到处都是土，连水都是苦的，实习期没满我就因生病而提前返校了，也没想着再回去。但没想到，可能就是注定要厮守的缘分，一年后我又被分配到敦煌文物研究所（现敦煌研究院的前身）。

说没有犹豫惶惑，那是假话，和北京相比，那里简直就是另一个世界——到处是苍凉的黄沙、无垠的戈壁滩和稀稀疏疏的骆驼刺。洞外面很破烂，里面很黑，没有门，没有楼梯，只能用树干插上树枝做成的"蜈蚣梯"爬进洞。爬上去后，还得用"蜈蚣梯"原路爬下来，很可怕。

我父母自然也是不乐意的，父亲甚至还写了一封信，让我转交学校领导，希望给我换个工作的地方。但是那个时候我哪里肯这样做，中华人民共和国成立才10多年，报效祖国、服从分配、到最艰苦的地方去，等等，都是影响青年人人生走向的主流价值观。

一开始，在这般庞大深邃的敦煌面前，我是羞怯的，恍若与初恋相见一般惶惑不安。相处一阵子后，才慢慢地、小心翼翼地把敦煌当成了"意中人"。

文物界的人，只要对文物怀有深深的爱，就会想尽一切办法去保护它。能守护敦煌，我太知足了。灿烂的阳光照耀在色彩绚丽的壁画和彩塑上，金碧辉煌，闪烁夺目。整个莫高窟就是一座巨大无比、藏满珠宝玉翠的宝库。这样动人可爱的"意中人"，已成为我生命中不可分割的一部分，我怎么舍得离开呢？

我的爱好和想法，影响了远在武汉工作的我的丈夫老彭，他也是我的同学，理解我、支持我，也了解敦煌。他毅然放弃了心仪的武汉大学考古专业的教学工作，来到敦煌，来到我的身边。从此，我们俩相依相伴，相知相亲，共同守着敦煌。老彭热忱地投身敦煌学研究，直到生命的最后。

后来西部大开发，旅游大发展，从1999年开始，来敦煌欣赏壁画的人愈发多了，我一半是高兴，另一半又是担忧。我把洞窟当作"意中人"，游客数量的剧增却有可能让洞窟的容颜不可逆地逝去，壁画会渐渐变模糊，颜色也会慢慢褪去。

有一天，太阳升起，阳光普照敦煌，风沙包围中的莫高窟依旧安静从容，仰望之间，我莫名觉得心疼：静静沉睡了一千年，她的美丽、她含着泪的微笑，在漫长的岁月里无人可识，而现在，过量的美的惊羡者却很可能让她因脆弱而衰老。那些没有留下名字的塑匠、石匠、泥匠、画匠用坚韧的毅力和沉静的心愿，一代又一代，守护了她一千年。莫高窟带给人们的震撼，绝不应该只来自我们看到的惊艳壁画和彩塑，她更应是一种文化的力量！就算有一天她真的衰老了，这种力量也不应该消失，我一定要让她活下来。

煌，盛也！

当我知道可以通过数字化技术将她们永久保留下来的时候，我立即向甘肃省政府、国家文物局、科技部提出要进行数字化工程建设。中华人民共和国成立后，国家特别重视莫高窟的保护。20世纪60年代，国家经济刚刚恢复，周恩来总理就特批了100多万元用于敦煌莫高窟的保护。后来国家更是给了充足的经费，让我们首先进行数字化的试验。现在敦煌已经有100多个洞窟实现了数字化——壁画的数字化、洞窟的3D模型搭建和崖体的三维重建，30个洞窟的数字资源的中英文版都已上线，并实现了全球共享。

我想和敦煌"厮守"下去不再是梦想，这已真真切切地成为现实！

敦煌艺术入门不难，她是一门多学科交叉的人文学科，汇合交融了多样的文化元素，历史的多元、文化的多元、创作技法的多元，可谓大气魄、大胸怀。在改革开放之前，研究所关于敦煌学的研究就已在进行，但更多的是对壁画的临摹。说到真正的研究工作，还是在改革开放之后，因为搞科研的氛围变好了，文化交流更加频繁。正如一位哲人所说的："我希望我的房子四周没有墙围着，窗子没有东西堵着，愿各国的文化之风自由地吹拂着它。但是我不会被任何风所吹倒。"改革开放带来了中国敦煌学研究的春天。

我很喜欢中唐第158窟的卧佛，每当心里有苦闷与烦恼时，都忍不住会走进这个洞窟，瞬间便能忘却许多烦恼。有时候，我甚至觉得敦煌已经成为我的生命了。

我脑海里常想着季羡林先生的诗：

  我真想长期留在这里，

  永远留在这里。

  真好像在茫茫的人世间奔波了60多年，

  才最后找到了一个归宿。

我还想说，中华人民共和国成立70年来，一代又一代有志于弘扬中华优秀传统文化艺术的年轻人，面对极其艰苦的物质生活，面对苍茫戈壁的寂寞，披星戴月，前赴后继，践行着文物工作者保护和传承中华优秀传统文化的使命。

而我也与我的前辈、同人一样，仍愿与这一眼千年的美"厮守"下去。

（摘自《读者》2019年第24期）

桑梓无处不青山

徐吉鹏

舟曲，是藏语"龙江"之意，因白龙江穿城而过得名。这里是秦岭西端与青藏高原东部的山脉交会之地，山大沟深、交通不便。溯江而上，目之所及，皆是巍峨雄峰。人们在山脚褶皱里依山傍水而居、耕耘生息繁衍。这里，便是张小娟的家乡。

离 乡

1985年4月，张小娟出生在舟曲县曲瓦乡城马村张家老宅。那时，张家宅院门前有一条小泥沟。每逢雨季，雨水裹挟着后山松软的黄泥土顺沟而下，流经之地，一片泥泞。这是因为村后那片黄土坡土质松软且干旱缺水，羊肠小道崎岖难行，很难耕种。多少年来，没有村民愿意承包这片荒坡。

20世纪90年代末,张小娟的父亲张生财坚持承包了这片土地。他开着挖掘机,沿着陡峭的山坡生生开出一条盘山路,又花了近2年时间,在荒坡腹地栽下900多株核桃苗和数千棵云杉树苗。一年又一年,荒土坡上竟奇迹般地出现一片枝繁叶茂的核桃林。自那以后,村里那条泥水沟即便在雨季也未泛滥过。

凡是认准了的事,咬着牙也要坚持到底。在这一点上,张小娟与父亲如出一辙。

2003年,张小娟以全县文科状元的优异成绩从舟曲一中考入中央民族大学。离开家乡的那天,附近的乡亲都来给父女俩送行。他们有的拿了梨、核桃、蜂蜜,有的则直接塞给她50元、100元,直到把她的包塞得满满当当。面对乡亲们的浓情厚谊,张小娟强忍泪水对父亲说:"我以后有本事了,一定会回报的……"

当张小娟背着一大袋核桃来学校报到时,室友们都吃了一惊。张小娟把核桃放在宿舍阳台上晾干,然后一个个剥开、蘸上蜂蜜,送到每个同学手中。淳朴,成了同学们对她的第一印象。

在北京求学4年,张小娟不曾改变其质朴、开朗的本色。虽然来自贫困地区,但她从不认为家乡有什么不好,反而一有机会就向同学、朋友和老师宣传自己的家乡。在张小娟的描述中,家乡成片的花儿很美,堪比世外桃源。很多同学也是经由她才知道"纯净的甘南"和"美丽的舟曲"。

毕业后,张小娟不仅顺利留京工作,还以高级管理人才身份落户海淀区。

返 乡

究竟是从何时起，张小娟产生了返回家乡的念头，已不得而知。不过，从她大三时留下的一篇文章《寂寞城马》里，我们或能发现些蛛丝马迹。

在文中，张小娟着重讲述了文化教育程度并不高的年轻一代纷纷外出务工的现象，借此提出一个直击人心的问题："他们都去见世面了，村子谁来发展？"张小娟最后提出："想办法发掘一切资源，创造有利条件，使村民在自己的土地上有事可做，大概是留住劳动力的必要路径。"而这一切，都离不开人，尤其是一批富有活力的年轻人——青年回家，才能让城马不再寂寞。

张小娟是这样写的，也是这样做的。

2008年5月12日汶川大地震，舟曲亦是重灾区。张小娟看到电视上对家乡灾情的描述，十分忧心。她问姐姐，自己如果回去，能做些什么。张小慧半开玩笑地告诉她："在北京，你就是都市丽人；回来，你就是一个乡镇干部，灰头土脸在泥巴地里跑……"

令张小慧想不到的是，那个令全家无比骄傲、同辈视之为榜样的妹妹，真的于当年6月回到家乡。回到家乡的张小娟在舟曲县立节镇做司法助理员，兼任党委秘书和驻村干部。

2010年8月7日夜里，700多万方泥石流疯狂肆虐着这座倚山而建的小城。那时，舟曲的交通已被迫中断，外部救援力量还未进入。许多急难险重的工作，都是由"党员突击队"冲锋在前、带头去做，人手严重不足。危急时刻，一条火线入党的特殊通道被开辟。张小娟立即递交入党申请，在灾区的一片废墟上，她与其他10余位年轻干部拉开党旗庄严宣誓，由此成为一名光荣的共产党员。

也正是在这场劫难中，作为救灾志愿者的张小娟与灾害现场负责防疫工作的年轻医生刘忠明相知相恋，并于2011年底步入婚姻殿堂。

扶　贫

张小娟给周围人留下的印象永远是忙碌，下乡、加班。同学朋友的聚会，十之八九，她都未能参加。张小娟问丈夫，为什么其他女生都有闺蜜和小圈子，而自己没有。刘忠明认真思考了一会儿，告诉妻子："因为你是一个有大爱的人，有了小圈子，感情和视角就会受局限；没有小圈子，恰恰说明你的朋友圈很广、格局很宽、爱很博大。"

劫难过后的舟曲开始了灾后重建，张小娟也被调往老家曲瓦乡工作。受大山阻隔，偏远的曲瓦乡信息闭塞，张小娟想方设法为它打开一扇"窗"——创建了全县第一个政务微信公众号，推介曲瓦特色产业、挖掘展示当地民俗，也记录基层干部的真实生活。

2016年初，张小娟被组织选拔调任到舟曲县扶贫办担任业务副主任。她对扶贫政策和扶贫工作数据的熟稔，全县无人能出其右，以至她被亲切地称为舟曲"脱贫攻坚的数据库"和"政策业务活字典"。

为了让一些在政策理解上存在偏差、文化程度不高的农户明白自己应该享受哪些政策，张小娟通过漫画形式制作"精准扶贫政策图解"，并在微信群组织发布"扶贫政策语音播报"。

2019年4月底，张小娟担任了脱贫攻坚"三大行动"办公室与扶贫办的领导职务。自此以后，张小娟的生活几乎被工作占满，直至2019年10月7日晚，她在完成博峪镇与曲告纳镇贫困退出县级验收工作后，不幸因车祸遇难。

守 望

  2019年10月10日下午，张小娟遗体告别仪式在舟曲县殡仪馆举行。在殡仪馆里，7岁的女儿"豌豆"忍不住问刘忠明："爸爸，为什么这么多人都来向妈妈鞠躬？"刘忠明强忍着悲痛，告诉女儿："妈妈很能干，现在国家派妈妈到月亮上执行一项秘密任务了。这事只有爸爸、大姨，还有舅舅知道，千万不要告诉别人。你和弟弟要好好学习，等以后当上宇航员，就能到月亮上去看妈妈了。"

  11日清早，当家人捧着张小娟的骨灰盒走出殡仪馆时，沿途自发赶来的舟曲人民早已在街道两侧排起了长队。他们手捧鲜花，拉着横幅前来告别和祭奠："张小娟同志为致富脱贫尽力，人民永记！""送别小娟！""小娟姐一路走好！""沉痛悼念张小娟同志！"出殡车辆之后，不断有车辆加入送葬队伍，自发跟随。

  张小娟的坟墓隔着白龙江与舟曲老县城遥遥相望。从此以后，她将永久守望曾经多灾多难的舟曲，守护淳朴坚强的舟曲人。

（摘自《读者》2023年第12期）